桜木紫乃

ホテルローヤル

Hotel Royal

Sakuragi Shino

集英社

目次

Hotel Royal

ホテルローヤル

シャッターチャンス

シャッターチャンス

四月、路肩の緑が芽吹き始めた。一か月先は枯れ葦《あし》のベージュに半分追いつくだろう。霧に湿った銀ねず色の街に、遅い桜も咲き始める。

加賀屋美幸《かがやみゆき》はフロントガラスの向こうに広がる空を見ていた。青いようだが、上空はうっすらとかすんでおり、湿原の向こうにあるはずの阿寒岳は輪郭も見えない。

とうに空腹感はなくなっている。炭水化物を摂らなくなって一週間が経っていた。ゼリーや集中ダイエット食で満たしている腹はぺったりとして膨らみがなくなっている。食べ物の歯ごたえを、そろそろ忘れそうだ。

ハンドルを握る貴史《たかし》は、アパートをでてから十分以上ひとりでしゃべり続けていた。

――晴れてよかったな。撮影日和だ。

――これが終わったら、好きなものなんでも食っていいから。

朝から同じ言葉を三度ずつ聞いた。集中力も薄くなっていて全身が怠《だる》く、いちいち応える気になれない。適当に相づちをうっていると、食べ物の代わりに何か重たいものが胃に満ちていった。

美幸は短大を卒業してから十三年「スーパー・フレッシュマートしんとみ」の事務を執

っているが、ここ数年は仕入れと利益のバランスを見渡せるようになった。社長も現場と数字がよく見えている美幸に頼るところがあり、売り場に関する提案は店長と同じくらい大切にされている。立場は一介の事務員でも、やり甲斐という面ではここ数年でずいぶん大きく変化していた。

木内《きうち》貴史がパートタイマーばかりの「しんとみ」に正社員として採用されたのが三年前。貴史は中学時代の同級生だった。地元パルプ会社のアイスホッケー選手だった彼は、二十八で右膝靭帯を損傷して引退している。

その後、二年間市の臨時職員を務めたが、上司とそりが合わず辞めていた。

「あそこじゃ何をやっても下っ端とか助手なんだ。あんなやつらに顎《あご》で使われるなんてまっぴらだ」

そう言いながら、最近は自分で選んだはずのスーパーの宅配運転手も「やり甲斐がない」とぼやき始めた。

貴史は会ってすぐに美幸が中学の同級生だったことに気づいたと言った。決め手は、右の眉毛の上にある直径五ミリほどの黒々としたほくろだったらしい。

「おまえの顔の中でいちばん目立つから」

初めて肌を合わせた際にそんなせりふを吐いた男の、胸板の厚さを覚えている。リンクを去ってから半分に落ちたと嘆く筋肉も、女を抱くには充分すぎるほどしなやかで美しかった。恋愛に対して無駄な夢をみなくなったぶん、男の体に残る華やかな傷痕に触れられるのが嬉しかった。

つきあい始めたころは、休憩室のお茶菓子代わりと言われるほどふたりのことが話題になったと聞いた。その後しばらくパートの更衣室で申し送りされていたが、もう当時のパートで残っているのはふたりだけだ。噂話の賞味期限もきれた。美幸もいつの間にか「しんとみ」の正社員のなかで最も古株になっている。

手が空くと、いつも男のことを考えていた。最近よく思いだすのはどちらからともなく誘い合った最初の夜のことだ。美幸は自分でも驚くほどするりと男の体の下にもぐりこみ、初めて「挫折」という言葉を聞いた。

中学時代の貴史はアイスホッケーのリンクに立った途端、緻密なセンターフォワードに変身した。教室でも常にクラスをまとめる彼は、推薦で進んだ地元の私立北高校を三年続けて全国優勝に導く「氷神」になった。

「ホッケーしかなかったころが、すごく遠くにある。今はもう、仕事でリンクの前を通ってもあんまりいらいらしなくなった」

貴史はベッドの上でよく膝の手術痕をさする。傷は山の尾根にむかう道のように膝を半周しており、美幸にはそれが自分と貴史を繋いでいる道に見える。男の膝を包む傷が、愛しかった。

「選手として使い物にならなくても、コーチっていう道もあるにはあったんだ」

しかし貴史はコーチの道を選ばなかった。リンクにいる限り負け犬のような気がして仕方なかったというのがその理由だ。

挫折、負け犬、希望、夢――。

会話に挟み込まれる単語はそれまで美幸が思い描いていた未来――普通の一生を送ることができれば御の字という――の細い芯を揺さぶった。ドラマチックなひとときを持つ男のそばにいるだけで、自分も彼のドラマの一部になれる気がした。

美幸は流れてゆく湿原の景色を眺めたあと、後部座席へと視線を移した。貴史が去年の歳末大売り出しで買ったデジタル一眼レフカメラ一式がカメラバッグに入っている。ホッケー時代の友人のほとんどとつきあいを断っている男は、美幸の部屋に入り浸ってはカメラの手入れをしていた。にわか仕込みの知識を毎日のように聞かされるのだが、特別それを嫌だとは思わずにいた。貴史がヌード写真を撮りたがっていると知ったのは、一週間前、モデルになってくれと言われたときだ。

急なダイエットも、季節外れのキルティングコートも、中に透けるスリップ一枚しか着けていないのも、すべて「撮影」のためだった。下着のあとが残る写真は好みではないという。

「あと五キロ痩せてほしいんだ」それが一週間前の貴史の注文だった。

百五十八センチ、五十キロ。体質に合っているのか風邪ひとつひかず健康診断にも引っかからずに過ごしてきた。結局五キロには届かなかったが一週間で無理やり三・五キロ落とした。

抱き合ったあとにへその横をぎゅっとつまんで「ここがもっとくびれてくれると嬉しいんだ」と言われると、いやだとは言えなかった。貴史は美幸がしぶしぶうなずくたびに目尻を下げてほっとした表情になる。

美幸にとって短期間での減量は、今まで男からされた頼みごとのなかで最もきつかった。

車は湿原脇の国道を右へと曲がり、踏切を越えて坂道を上った。林道と間違いそうな砂利道を進むと、平坦になった道が二本にわかれた。貴史は細い道へとハンドルを切る。すぐに古い建物が視界に入ってきた。わかれ道にひとつ、矢印付きの看板があった。周囲を草に覆われた看板は「ホテルローヤ」までしか見えない。茶色いナマコ鉄板を張りめぐらした塀の向こうにあるのは、白壁が半分以上はがれ落ちた古いラブホテルだった。

「廃墟でヌード撮影をするのがあこがれだったんだ」

美幸は自分が今、誰と一緒にいるのかわからなくなり、運転席を見た。貴史が目尻を下げて嬉しそうにしている。

「最高だろ。ここしかないって思ってさ」

撮影場所は一か月も前から決めていたという。道端に突き刺さった看板が、黄色い矢印を入口に向けている。鉄板製の看板はまんべんなくカラスにつつかれたらしく、全面が穴だらけで、でこぼこしていた。青いバックに黄色で縁取った赤い文字。ロゴの端はすべてくるりと巻きが入っている。『ホテルローヤル』。

ハンドルを大きく左に切る。背の高いナマコ鉄板の塀をS字にくねって敷地に入った。S字の終わりに、立ち入り禁止を示す紅白のコーンがひとつ置かれている。貴史は小さな舌打ちのあと停車し運転席からでた。美幸は、フロントガラスの向こう側で拳大《こぶし》の石とコーンを蹴り上げる男の姿を見ていた。

建物に向かって右端の一角は事務室らしく、窓にはすべて板が打ち付けてある。シャッターは六枚あった。六つの部屋はみな一階が車庫、二階が客室という造りになっているようだ。薄青い空とオレンジ色の屋根が、いっそう建物の安っぽさを際立たせている。貴史は塀の陰に車を停めてエンジンを切ると、後部座席からカメラバッグを取りだし肩にかけた。

「降りてよ」

頭の中が真っ白いがらんどうになり、急《せ》かす男の言葉が響く。美幸はうなずき、助手席からでた。キルティングコートの裾から、四月の冷たい風が入り込んできた。身をすくめながら雑草だらけの砂利道を歩く。足首をひねらないようにするのが精一杯だ。貴史が塀の端にあるナマコ鉄板の通用口を蹴飛ばす。急に視界に奥行きが生まれた。

貴史は建物の扉を開けながら「最初から鍵が壊れてた」と言った。いいわけめいた響きはすぐに建物内の埃《ほこり》くささにかき消えた。温度メーターや燃料の目盛りが目に入った。ボイラー室のようだ。扉をひとつ入ると、大型の二層式洗濯機が三台埃をかぶっていた。すのこの上にねずみの死骸が転がっている。

貴史は一度来ているので大丈夫だと言いながら建物の中へと進んでゆく。窓には板が打ち付けられており、曇り日の夕どきのように薄暗い。それは車庫の裏側にある長い廊下に出ても変わらなかった。消火器もむき出しのパイプも、蜘蛛《くも》の巣さえも埃をかぶっている。一歩進むたびに床板が鳴った。地盤が変化したのか、廊下はわずかに斜めになっており、歩いているとめまいが起きそうだ。部屋と車庫への扉が交互に並んでいた。真っ赤なドアなど見たこともない。

廊下の長さいっぱいにぶら下がっている物干し竿に反して、客室ドアの毒々しい赤色は、この建物にまだ客がいたころのことを懐かしんでいるように見えた。

「ここだ」と貴史が指さしたのは、廊下の中ほどにある部屋だった。急で暗い階段の上はドアが開いており、陽光が差している。階段は、上りきるまでに踏み板が十八回鳴った。

二階の窓は板が打ち付けられていなかった。美幸は埃が舞う室内を見渡しながら、男の機嫌の良さに戸惑っている。室内はサイコロ型の冷蔵庫のドアが開き、丸いベッドも使われたまま掛け布団はめくれ上がりシーツは皺《しわ》だらけだった。

部屋は板製の内窓を閉めるとすぐに真っ暗になる造りだ。部屋の奥へと進み、外を見た。窓の向こうは崖になっていて、その向こうには湿原が広がり、ベージュの絨毯《じゅうたん》を敷き詰めた春先の景色が横たわっている。

朝も昼も夜を演出し続けた部屋は長い間そのどれでもない時間を漂っていたためか、もうどこにも戻れないほどくたびれていた。

「いいだろ。この部屋がいちばんそれらしかったんだ」

ほかの五部屋は清掃されていて、埃さえ拭けばすぐに営業できそうな気配だという。

「テーマが『廃墟』なのに、そんなの全然おもしろくないだろう」

部屋はまるで男と女のなれの果てを見るようだ。陽の光を浴びればすぐにぼろが出る。赤いベルベットのラブソファーは煙草《たばこ》の焦げ跡で穴だらけだ。使用感が残っているのが、貴史の言ういい状態だった。

「なかなかさぁ、他人が使ったあとの部屋なんて見る機会ないだろう。ここを発見したときは、さすがの俺も興奮したね」

「自分で使ったあとと、どう違うの」

「そんなの普通すぎてつまんないだろう」

「写真って、そこまでわかるのかな」

貴史は満面の笑みを浮かべて「わかるよ」と言った。

「わかるように撮るんだ」

口元がとてもさわやかで、それ以上の質問が思い浮かばなかった。

コートの前をきつく重ねた。建物が営業をやめてから何年経ったかわからない。「ホテルローヤル」は自分たちが体を重ねてきた期間もずっと朽ち続けていたのだろう。

すべて景色なんだよ、と得意げに男が言った。

「景色を撮れば人間が浮かび上がってくるはずなんだ。人間もまた景色のひとつなんだから」

黒い地に細かな小花模様の壁紙は、スーパー「しんとみ」のサービスカウンターに用意してある包装紙を思わせた。美幸は剝がれて垂れ下がった壁紙の先を引っ張った。紙を破く音が空気を揺らす。黴《かび》のにおいが辺りに散った。

「ね、脱いでよ」

貴史を見た。機材の用意をしていた手を止めて、こちらの様子を窺っている。怒りを抑え込んだときの癖で小鼻が膨らんでいた。

「ほら、コート脱がないと」

語尾が上がりきらない。美幸は「普通すぎてつまんない」という言葉を思いだし、精いっぱい笑いながら訊ねた。

「どんな風にすればいいのか、わかんない。教えてよ」

表情がさっとゆるみ、同時にカメラバッグの中から一冊の本を取りだした。

「俺ってガキのころからずっとスケート以外の趣味ってなかったからさ。この雑誌見たとき、ものすげぇ衝撃受けちゃって。なんかこう、血がたぎるっていうのかな、ようするに久々の感動だったわけ」

手渡された写真雑誌をめくってみる。裸の投稿写真が何十ページにもわたって掲載されていた。下半身の露出が特集なのかと思ったが、そうでもないらしい。見開きのページにずらりと並ぶ写真はモザイクひとつかかっていない。女たちは片手で顔を隠したり隠さなかったり。みな素人《しろうと》だということがすぐにわかる。虚栄心を隠す技術がない。モデルのようにふるまいながら、自分を「モデルみたい」だと思ってしまっている。

いずれにせよ裸――。

美幸のイメージとはかけ離れていた。内心は芸能人の、芸術とエロスぎりぎりの写真を思い浮かべていた。

「ヌード写真って、こんな感じのことだったの」

顔以外は丸出しじゃないの、という言葉をのみこむ。

「うん。これみんな女房とか彼女だって。プライベートショットって根強い人気があるんだよ。俺、また新しい目標ができて、なんかすごく気分的に盛り上がってんだよね」

まっすぐに美幸を見つめる目に、嘘はなさそうだ。嘘がないだけに嬉しくなかった。どうか、と訊かれて素直に「よくわからない」と答えた。

「よくわからないって、なんだよ。これ、ちゃんとしたジャンルがある写真なんだ。ネットで垂れ流してるエロ画像と一緒にするなよ。俺の目指してるものはそういうんじゃないんだ」

男の真剣なまなざしに、また負けてしまいそうだ。巻頭ページも、素人の投稿だった。

「シャッターチャンス」。今月のベストショットとして紹介されている一枚を見た。女が笑いながら繁華街の真ん中でスカートをたくし上げている。下着は着けていない。

「よく見てよ。これだってちゃんと編集部が選んで載せてるんだ。今月の『この一枚』ってひと味違うだろう。自己満足じゃあただの素人なんだよ」

カメラを手に入れてから、貴史の笑顔は中学時代の輝きを取り戻している。十三から十五までの冬、昼休みも放課後も、たとえ二十分しかない休み時間でもホッケー靴を片手にグラウンドのリンクへと走っていたころと同じだ。投稿雑誌を手にする男の頬には、仲間と連れだって汗を流し教室へ帰ってきたころの笑顔が戻っている。

「わかった。ちゃんと指示して。やってみるから」

「じゃ、コート脱いでこっちにきてよ」

貴史は身をひるがえしてベッドの横に立った。カメラを持つ姿が誇らしげだ。手招きされ、脱いだコートをラブソファーに放った。

指示されたとおり、乱れたままのベッドに歩み寄る。布団もベッドに合わせて丸いかたちをしているようだ。どこへ行けばこんなものが売っているのか想像もつかない。いびつにへこんだ枕の向こうには部屋の明かりやベッドの仕掛けのためのスイッチ類が並んでいる。どれも手垢《てあか》にまみれて表示が剝げていた。

美幸は丸いベッドを挟んで貴史と向かい合った。ベッドの足下の壁には畳一枚分もありそうなガラスがはめ込んである。向こう側はバスルームだ。鈍い陽光を集めたガラスに、水垢が丁寧な模様を描いていた。

「あ、いいね」

ピントを合わせていた貴史がシャッターを切る。不意を突かれて戸惑っているあいだに、三回シャッターの音を聞いた。

「やっぱりこの部屋、おまえに似合う。ボイラー室から中に入れるってわかったとき、すぐにおまえの顔が浮かんだもん」

「似合うって、どういう意味なの」

「なんか、どこかで経営者が首でも吊ってるんじゃないかと思ったんだよ」

美幸は言われたとおり壁紙が剝がれ落ちた場所に右手を高く突き上げたポーズで体をもたせかけた。シャッター音、二回。スリップの肩紐を片方外して右脚をベッドにのせる。シャッター音、三回。

裾から下着を着けていない太ももの奥が見えたかもしれない。

「もうちょっと顔をこっちに向けてよ」

「顔は隠してくれるって言ってたよね」

貴史は返事をしなかった。投稿写真には目の部分に黒くバーが入ったものもあればしっかりと顔をだしているものもある。

右眉の上のほくろ――。美幸は思わずポーズをとるのをやめた。シャッター音が止まる。

「大丈夫、大丈夫だから。ちゃんと目は隠すから。安心して。ごめん、撮るのに夢中になっちゃって」

指示されて、今度は使いっぱなしのベッドに正座した。スリップを腹のあたりまでたくし上げる。シャッターの音が大きく響く。音量設定も可能だというが、特別に下げるつもりはないという。

「だって、でかい音がしないとそれっぽくないじゃない」

次は寝そべってのけぞってみてくれという指示だ。布団の埃が顔の近くで舞い上がる。嗅《か》いだことのないにおいだ。両脚の向こうにいる男のことを考えないようにしてみるが、うまくいかない。美幸が埃とにおいに耐えているあいだも、貴史は「いいね、いいね」と繰り返す。

「こっちに背中むけて、四つん這いになってくれないかな。脚もちょっと開き気味で」

従順だった体が動きを止めた。言われたとおりに四つん這いになる自分の姿を思い浮かべる。やっと「いやだ」と言えた。加速してゆく時間に、ブレーキがかかる。美幸はこわごわ男の顔を窺い見た。少女のころはヒーローだった彼が、カメラを首にぶら下げたまま泣きそうな目をしている。

「ごめんね。わたし、思ったより楽しめない」

埃が一瞬動きを止めたあと、再びきらきらと舞い始めた。男がベッドに膝をついた。美幸の右手をそっと握る。

「やっと見つけた目標なんだ。ここからまたスタートなんだ。もう挫折したくないんだ。あの雑誌、プロも注目していて才能があるやつはすぐに声がかかるって聞いた。俺、もう一回夢をみたいんだ。撮らせてくれよ、頼むよ」

挫折――。今日も聞いてしまった。これを聞くたびにまるで自分の弱点を押すスイッチが入ったように動けなくなる。食事をしても酒を飲んでも、体を繋げても一緒に朝を迎えても、結局男が自分を語ったあとの決めぜりふには「挫折」が使われた。

ふと、胃の裏側のあたりから、挫折という言葉にどっぷりと浸りきっていたのは美幸のほうではなかったかという思いが湧きあがってきた。貴史に出会うまでなんの起伏もなかった来し方を振り返れば、長い時間をかけて穴の底へと吸い込まれているのは自分ではないかという気がしてくる。

──この男はまだ、言っているほど過去に傷を負っていないのではないか。

うっすらとした疑問が浮かんで間もなく、シャッター音が体に降ってきた。小さな液晶画面の中に男はいない。ファインダーのこちら側は美幸ひとりだった。

精いっぱい笑った。シャッター音。スリップを脱ぎ、正座したままで大笑いしていた。可笑《おか》しみの理由はあとから考える。とにかく今は笑う。なにを──、わからない。

笑い続ける自分の声を聞いていると、貴史がカメラを首にぶら下げたまま、体の奥へと踏み込んできた。顔すれすれで揺れるカメラが怖くて両手でおさえる。シーツに押しつけられた背に、ちりちりと痒《かゆ》みが走った。逃げようとするが、男も懸命に体を繋げてくる。美幸の体から力が抜けた。

窓から入り込む四月の日差しが、体を起こした男の白い腹を照らしていた。貴史は美幸の手からカメラを剝がして再びファインダーをのぞき込んでいる。ふたりが繋がった部分に向けられたカメラから、シャッターの音。もう数を数えることができなかった。

数分後、美幸の体からすっぽりと抜け落ちた欲望に陽が当たっていた。明るい場所で見るそれは、驚くほど滑稽なかたちをしている。自分に空いた穴も同じかたちをしているのだろう。再びの作り笑い。笑い顔がデータになってちいさな箱に収まってゆく。ついさっき泣きそうな目をしていた男も一緒に笑っていた。

「裸で笑うのって、なんかすごくいやらしいな」

窓から入り込む光の筒が、部屋の奥へと移動している。光の先に冷蔵庫があった。カメラが美幸の視線の先へと向けられた。

「あ、ちょうどいい。あれに座って好きなポーズとってよ」

ベッドから起き上がるころ、彼のジーンズのファスナーも閉まっていた。

美幸は冷蔵庫の上に降り積もった埃を手でぬぐい、そっと腰をおろした。好きなポーズなど思い浮かばない。カメラを構えてこちらを見ている男の指示を待った。

「脚を開いて、膝で頬杖ついてみて」

下腹がたるまぬよう息を止め、言われたとおりにする。シャッターの音に活気が戻ってきた。右肘の次は左。切り取られた今が、積み重ねた過去をどんどんすり潰してゆく。

今どんなに希望に満ちた言葉を尽くしたところで、男の言う「挫折」が別のものに姿を変えて再び日の目を見ることなどなさそうに思えた。だから言葉が必要なのだろう。貴史の言う「夢と希望」は、廃墟できらきらと光る埃にそっくりだった。いっとき舞い上がり、また元の場所へと降り積もる。ここからでて行くこともなければ、ぬぐうような出来事も訪れない。

「その日だまりのところにへそを合わせてみて。死体みたいに寝転んでくれないかな」

美幸は冷蔵庫から降りて湿った床に体を横たえた。日だまりに腹の位置を合わせる。いまひとつポーズが気に入らないのか、貴史が歩み寄る。そのとき初めて、彼が靴を履いたままだったことに気づいた。

つきあい始めた年のクリスマスにプレゼントしたマドラスのローファーだった。磨き込まれた革に埃の膜がかかっている。

「ねぇ、死体みたいにって言ったろう。ちゃんとやってよ」

「無理だよ、わたし生きてるもの」

「みたいにって言ってるんだよ。真面目にやれよ。こっちだって真剣なんだから」

こんな写真が本当に雑誌に載ったら、自分はいったいどうなってしまうんだろう。不安が腹から胸へとせり上がってくる。

「もっとサービスしてよ」

誰に向かっての、なんのサービスなのか。黙っていると「投稿しないと約束するから、過激なポーズをしてくれ」という。

ファインダーに媚《こ》びるように腰を突き出してみる。もう、顔などレンズの端にも写っていないようだ。男がひたすら写し続けている亀裂の内側に、どうあがいても埋められない空洞がある。美幸はそこに何が潜んでいるのか確かめたくて、自分の指先を沈めた。

すべての音が消えて、男の喉仏が上下する。空洞は、男の欲望のかたちをただ忠実に内側に向かって広げているだけだった。

美幸は目を閉じた。投稿欄がすべて自分の写真で埋め尽くされているさまを思い浮かべる。過剰な自意識や自己顕示欲やねじ曲がった虚栄心を、みんな亀裂の奥の空洞に詰め込んで笑っている。

そっと目を開けた。先に視線を外したのは男のほうだった。

「いっぱい載るといいね」

「うん、俺の写真で投稿ページぜんぶ埋めてやるよ」

俺の写真、という言葉が耳の奥で何度も繰り返された。わたしの裸――俺の写真――。

「あ、いいねその顔」

「なんか、プロみたい」

「なに言ってんだよ」

まんざらでもないという顔のあと、シャッターの音が空気を混ぜ返した。埃だらけの「プロみたいな人たち」のうちのふたりになる。

三十分ほどシャッターを切り続けた貴史は部屋に着いたときと同じ笑顔に戻り、カメラをしまい始めた。美幸の腹のあたりにあった日だまりも移動して、陽光もいつのまにか床の染みや穴を照らしていた。

見学と称してほかの五室にも入ってみた。部屋はどれも同じ間取りで、違うのは壁紙とベッドのかたちくらいだ。テレビがあったりなかったり、洗面台が割れていたり、ホテルがいつから時間を止めているのかわからないが、もうどの部屋も人を待ってはいなかった。

他人が使った後の、薄汚れた感じがつよく残っているのは、貴史が選んだ部屋だけだ。廊下にでて、時間と空気を澱《よど》ませていた三号室の前を通りすぎた。

廊下から洗濯室、ボイラー室へと抜けてやっと新鮮な空気に触れる。深く息を吸い、長く吐いた。もういちど。いくら吸い込んでも、吐く量と同じにならない。貴史は後部座席にカメラバッグを置いたあと、すぐに車のエンジンをかけた。

板が打ち付けられた事務室の窓を見た。ここを通り過ぎた客や住人に見られているような気がした。長く見ていると、板の隙間からこちらを窺う視線の中に自分を探してしまいそうだ。美幸は急いで車に乗り込んだ。

S字の入口を抜けたあと、貴史は紅白のコーンを丁寧に元の位置に戻した。円錐が再び拳大の石で固定される。空の下に戻ると、先ほどまでのことが真昼にみた夢のように思えてくる。一度つよく目を閉じ、数秒おいて開けた。

美幸はハンドルを持つ男の横顔に向かって訊ねた。

「ねぇ、なんであの部屋じゃなきゃいけなかったの」

「ちょっと待って」

貴史は砂利道にハンドルを取られそうになり、フロントガラスに向かって怒鳴った。車輪が戻った後も、男は美幸の問いに答えなかった。

廃墟のイメージは、男の中でどんなふうに美幸と繋がっているのだろう。意識的でも無意識でも、責めることはできなかった。お互いの空洞を埋め合った上、さらに大切にしてほしいというのは過ぎたる望みなのだろう。

ふた股にわかれていた道が一本になる。木漏れ日が砂利道に光の穴を空けている。空の青みが少し増した。車はやってきたときよりも速度をあげて国道に向かっていた。足の裏は汚れており、全身が痒い。美幸の唇から、意識せず言葉がこぼれ落ちた。

「載るのかな、本当に」

「え、なに？　なんか言った？」

急いで首を振る。貴史は往路と比べると、驚くほど口数が少なくなっていた。美幸は自分の内側にできた空洞がどんどん圧を増してゆくのを感じながら、痛み始めたこめかみを指先で押さえた。

国道へでてすぐに、貴史が明るく言った。

「あのさ、そろそろお互いの実家に顔を出しておいたほうがいいかなって思ってるんだけど、どうかな」

答える言葉が思い浮かばない。刷毛《はけ》を使って体をひと撫でされたような寒気が足下から這い上がってくる。肌をふるわせながら、全身に広がってゆく。

今まで決して親と会おうとは言わなかった男が、今日にかぎってそんな言葉を吐いたことに驚いていた。男の言葉は今日の日差しに似て、遠いところで煙《けむ》っていた。美幸は震えを止めようと、交差させた両腕でかっちりと自分を抱いた。自分しかこの体を守れない。貴史の口から将来の話がでたのが今日でなければ、と思った。せめて明日、明後日、もう少し先か、あるいはホテルローヤルへゆく前だったら――。

車窓を流れてゆく白茶けた葦原が、蛇行する川に二分されている。

「どうした、寒いのか？」

ひとことでも口を開けばもう、なにもかもがちぐはぐになってゆく気がして美幸は首を横に振る。

「早く着替えて、ラーメン食いに行こうよ」

男の声が川の向こう岸からささやくように響いてくる――。

本日開店

設楽幹子《したらみきこ》は九階の窓から釧路川を見下ろした。昭和の景色を残す駅前通りがシャッター街となって久しい。漁業に活気があって炭鉱が健在だったころは、これほど買い物や娯楽が郊外に散ってゆくことはなかった。湿原を埋め立てた新興住宅街は、土地の値段と競いながら拡張を続けている。見える通りに人影はなかった。

海側に傾きかけた七月の太陽と、陽光をうけて光る川面を見たあと遮光カーテンを閉めた。回れ右をすると、ツインルームの真ん中に男が立っている。佐野敏夫《さのとしお》は、幹子の夫が二代目住職を務める「観楽寺」の檀家のひとりだ。男は冷蔵庫から缶ビールを取りだし、言った。

「いかがですか」

「佐野さんは、飲まれますか」

「すこし飲まないと」

遠慮がちな瞳は幹子を直接見ることなく泳いでいる。この春に観楽寺の檀家だった父親を亡くした佐野は、五十で家督を継いだ。父親の興した水産会社は、街が漁獲量日本一を誇っていたころに比べると規模こそ半分だが優良企業だ。専務から社長へと肩書きを変え、同時に菩提寺の総代も代替わりとなった。佐野敏夫は観楽寺の新しい檀家総代だ。

幹子は冷蔵庫の上に伏せてあるコップをふたつひっくり返した。粗相があってはいけない。今日は佐野水産に今後も寺の支援を続けてもらえるかどうかという大切な日だ。外気に触れて汗をかいた缶ビールの蓋《ふた》を開けて、コップに注ぎ入れる。慎重に泡をたてて、ひとつを佐野に渡した。

川岸のビジネスホテルは時間貸しも行っており、最上階の大浴場目当ての客もあるため建物に入ることに抵抗はなかった。ラブホテルではなく川岸のビジネスホテルで、と言いだしたのは佐野だった。

コップのビールを一気に飲み干すと、佐野は二杯目のビールを自ら注ぎ入れ、窓側のベッドの端に腰を下ろした。

「親父からこのことを聞いたとき、正直言うと耳を疑いましたよ。檀家の仕事のひとつがまさか」

佐野はそこからの言葉を飲み込んだ。幹子はコップを持ったまままちいさくお辞儀をする。男が飲み込んだ言葉はわかっている。

住職の女房と関係することだなんて——。

あるいはもっと露骨な言葉だったかもしれない。男が怠そうに頭を振って訊ねた。

「お寺にくる前は、何をされていたんでしたっけ」

「看護助手です」

佐野は「あぁ」とさほど答えを必要としていなかった表情でうなずいた。

観楽寺は檀家からのお布施や寄付金でかろうじて生計をたてている。初代住職が亡くなってからの十年間、支えてくれる檀家たちがいなければ夫の西教《さいきょう》ひとりでの寺の存続は難しかった。幹子が檀家たちに時間を提供することを提案したのはほかでもない、目の前で所在なげにビールを飲んでいる男の父親だった。

佐野敏夫は父親から「檀家」と「女」を引き継いで当初はひどく戸惑っていたが、四十九日が過ぎたころに電話をかけてきた。幹子は寺の後ろ盾をひとつ失ったことを思い煩っていたときだったので、佐野が息子に寺との関係を言い残してくれていたことに感謝した。

コップのビールを半分飲んで、冷蔵庫の上に置いた。空調設備がしっかりしており、部屋は静かだ。今まで使っていた街なかのラブホテルとは違い、むせかえるような男女のにおいもしない。

　幹子はこうした場所を選んだ佐野敏夫を好ましく思った。同時に、いつもどおりの肌色の下着を着けてきたことが気になり始めた。幹子にとって檀家の相手をつとめることは、病人の世話と大きく違わない。色気のかけらもない下着を特別気にしたこともなかったし、「奉仕」の心こそあれ、過ごす時間に期待など持ったこともなかった。

「先代にはとてもお世話になりました。こうしてご縁を続けさせていただくことになり、心から感謝しております」

佐野はひとつため息を吐いたあとひとこと「まいったなぁ」と漏らした。それでも父親の遺言を守り、幹子と月に一度会うことは了解済みだという。幹子は男が初めての気恥ずかしさと闘っているのだと思い、からだひとつあけた場所に腰を下ろした。

佐野が身を硬くしたのが伝わってくる。

「よろしくお願いいたします」

深いため息のあと、男は立ちあがって上着を脱いだ。


寺を維持してゆくためには檀家の支援が不可欠だ。寺は檀家のものであり、住職や大黒は檀家の先祖を守る者としてそこに住まう。西教の父がここで寺を開くことになったのも、もともとは戦後の同じころに街に流れてきた男たちに請われてのことだった。

内地から早くに移ってきた寺はあらゆる行事の格式も高いが、葬祭について学ぶ機会の少なかった戦後の山師たちにはなじまない。いっそごく普通の坊主に寺をひとつ任せたほうがよいといった考えのもとで観楽寺は維持されてきた。

葬儀や供養を簡略化して、葬式当日に四十九日の「繰り上げ法要」を済ませてしまうのも、土地が生んだ価値観だった。結局、簡略化された仏式一切が寺の首を絞めることになった。初代住職が亡くなり、檀家たちも高齢化が進んでいる。

幹子が二十も年の離れた僧侶と結婚したのは、初代につよく請われたこともあるが、なにより幹子自身が親兄弟という身寄りのないまま生きていくことに不安を覚えたことも大きな理由だった。最初で最後の結婚話かもしれないと思った。西教五十歳、幹子三十歳。観楽寺の住職は息子の西教に嫁がきた年の大晦日《おおみそか》、煩悩の鐘百八回目を打ったところで脳の太い血管が切れた。

先代の一周忌を境に、檀家離れが始まった。祥月《しょうつき》命日に用のある家が増えてお参り不要の電話が入り、供養の時間がないからと骨堂を引き上げる家も現れた。先祖をないがしろにしたところで、生活に大きな変化がないと判断できるのも仏事の歴史のなさが招いた結果だ。このままでは寺の存続にもかかわると、総代の佐野に相談したのは幹子だった。

「住職が西教さんとなると、頼りないとは言わないが今後はちょっと難しいこともあるだろう。どうだ幹子さん、ここはひとつお寺を助けるつもりでひと肌脱がんか」

佐野の父親は、寺のためだと言った。

「わしらもそうそう暮らし向きがいいわけでもない。ただ寄付をするのでは、なんだか気分の据わりも悪いのよ。親兄弟捨ててきた人間は、ときどきなにを大事にすればいいのかわからんことがある。裸一貫でやってきたしな」

佐野の父親の言葉には幹子をうなずかせるちからがあった。急に父親に死なれて、心の準備もできないまま生家の寺を任された夫が不憫《ふびん》だった。あの日経済的な窮地に立たされて初めて、幹子は看護助手という仕事を辞めて寺の大黒になった理由を見つけた。老人たちの相手をつとめるのは、幹子にとって介護と変わらぬ行為に思えた。

幹子が寺の本堂に戻ったのは午後五時だった。体の内奥に怠い重みが残っている。西教は留守のようだ。また近所の年寄りからなにか相談を持ちかけられているのだろう。嫁の愚痴だったり老後の不安だったり、極楽はあるのかという難題だったり。ちいさな寺の住職ほど忙しくしているのは、それだけ人との繋がりが寺を維持する大切な条件だからだ。

幹子は布製の手提げ袋から茶封筒を取りだした。中には佐野敏夫から受けとった金が入っている。三万円というのは、関わりを持った檀家筋の四人が決めた額だという。十年間変わらない。街の経済もそうだが死んでしまった佐野の父を始め、残る檀家も幹子自身も年を取った。変わらぬ金額は、彼らが本当に寺を大切に思ってくれている証のような気がしている。

南無阿弥陀仏――。

幹子の背丈ほどもあるご本尊に手を合わせる。もとは金色をしていたというご本尊は、あちこち金箔が剝げているが今日も優しい笑顔だ。台座まで階段を二段上り歩み寄る。幹子は合わせた手に挟んでいた茶封筒を、ご本尊のかかとのあたりに滑らせた。ご奉仕の日はいつもそこに預かった「お布施」を置いておく。それは初めての行為の際に、佐野の父親から言われていたことだった。

「これはご本尊様の足もとに置いておきなさい。幹子さん自らが身を投じて得た浄財だし、ご本尊様が寺のためにお使いになる金だから」

幹子は本尊を据えた場所から降りて再び手を合わせた。このときいつも頭を巡るのは、中学を卒業するまで世話になった養護施設の風景だった。月にいちど、初代の住職が法話を聞かせてくれた。清い心には美しい魂が宿る、と先代は言った。幹子は自分の容姿が十人並みに届かぬことをずいぶんと幼いころから知っていた。養子にもらわれてゆく子たちは男も女も可愛い面立《おもだ》ちをした者が先だった。

どこからともなく、今回の里親のだした条件はすべて幹子にあてはまるようだと耳打ちされていたことがある。が、最後の最後になって、里親夫婦は隣にいた子と幹子の顔を見比べた。

幹子は法話が終わったあとの住職に、せめて魂だけでも美しくなりたいと相談をした。住職は「仏様のためにできることを精いっぱいやることだ。容姿は心の美しさとは逆のことが多い」と言った。

中学卒業後に看護助手をしていた幹子は、検査入院をした先代住職に再会し、「容姿は心の美しさとは逆のところに」という言葉を思いだした。二十代の終わりにさしかかり、心の美しさを見てもらうまでにどれだけ時間をかければいいのかわからなくなっていた。心より先に体を開くことを覚えたあとは、余計にひとの心の在処《ありか》がわからなくなった。

「年は多少離れるが息子の嫁に」と言ってくれたのが先代住職でなければ、と思う。住職に再会したころも、たちの悪い男に貯金はおろか身ぐるみ剝がされ——それこそなにかの慈悲としか思えないが——あとは働くことしか残っていないときだった。

「ちょっとぼんやりとしたところのある男なんだが、幹子さんならきっと仲良くやってくれるんじゃないかと思ってね。とりあえず、会ってやってくれないかね」

僧侶とはいえ多少でも見てくれを気にするひとであれば後々いいことはないだろうと考え、化粧もリップクリームひとつで出かけた。一重まぶたに薄い眉、かぎ鼻の左横にあるいぼ。頰いっぱいにあばたの痕。断るのなら、さっさと断ってくれという気持ちで設楽西教に会った。

「あなたさえよかったら、よろしくお願いいたします」

拍子抜けするような言葉が耳を通りすぎた。気づけばひととおり、男にはいい思いをせずにきたことを話していた。これでもか、という話を西教は静かに聞いていた。

「西教さん、わたしも自分の姿かたちがどんななのか、わかっているつもりです。ご住職からのお話でなければ、お目にかかることもなかったと思うんです」

これ以上食い下がっても自分がみじめになるだけでは、と思いかけたとき西教が静かな声で言った。

「あなたは、観楽寺《うち》のご本尊様に似ておられる。父もそう申しておりました」

若いうちに妻に先立たれた先代住職と、息子の設楽西教と幹子の三人でご本尊を見上げたとき、「少しも似ていない」と思った。ただ、金箔が剝がれた頰だけは、あばただらけの自分の肌に見えた。

請われてひとの妻になる。たとえそれが貧乏寺の跡継ぎでも、とてもよいことではないかと感じられたのは、自分に「大黒」という肩書きがつくと聞いた日だった。看護師の資格もない、心細いひとり者から脱出できる。ひとまずここから先、自分をだましにやってくる男はいない。ない袖を振ることもない。西教との結婚は、安全で太い幸福への近道に思えた。畳一畳でも居場所ができたことへ、感謝こそすれ不平不満は持たなかった。

西教のひととしてのたたずまいはこれまで出会った男など比べものにならぬほど美しかったが、男としては不能であった。

幹子は早いうちに、この先男に触れられないまま生きてゆくことも「尼になったと思えばよし」という思いにすり替えた。女としての劣等感はかろうじて大黒という立場に守られることになった。

台所の洗い桶《おけ》に張った水に、間引き大根の葉が浸けられていた。幹子は大根の葉を刻み、味噌汁用と胡麻和《ごまあ》え用、おひたし用に分けた。冷蔵庫にはトマトがある。卵焼きと厚揚げの煮浸しがあれば、大丈夫だろう。

冷たい水に手を浸すと、怠い腰に再び熱が戻ってくる。幹子はトマトを取り落としそうになりながら、佐野の家ではいまどんな景色が広がっているのかを考えた。男には三つ年下の妻と大学生の長男、高校生の長女がいる。トイプードルを飼っていると聞いた。

お布施をもらうために会う檀家の生活に思いをはせたのは初めてだった。

佐野は何度も「まいったなぁ」と言った。別れ際に「どうしてこんなことを承知してしまったんだろう」とつぶやいていた。幹子はそれを男が満足していないからととらえたが、ならばほかの檀家のようにお布施ぶんの要求をしてくれればいいのだと思った。次はちゃんとそう伝えよう。だいたいおつとめの代替わりというのが初めての経験だった。「まいったなぁ」が、幹子の容姿についてでなければいいと思いながら、トマトをザルにあげる。野菜を洗う水の冷たさが肘から二の腕、胸元から腹へと伝わる。冷たさはやがて幹子の中心部に届き、綿の花がはじけるようにポンと開いた。

台所脇の勝手口から、西教が戻ってきた。

「ただいま、幹子さん」

「おかえりなさい、いま夕食の支度をしています。すぐ終わりますから」

時計を見る。毎日、夕食は六時半と決めている。充分間に合いそうだ。西教が好むものは手間のかからないものばかりだった。卵焼きの味だけは、亡くなった彼の母親に近づくために一年ほどかかったけれど、食事についてそれ以外の注文はない。

「裏のお爺ちゃんが、介護施設に入ることになって、その相談を受けてました。今はなんでもお金なんですねぇ」

「相談だったんですか」

「ええ。自分がそんなところに入って、息子や嫁は世間様からなにも言われないかと、それればかり気にしてるようでした」

「西教さんは、どうお応えになったんですか」

水仕事をする幹子のそばに立った西教は、もう剃《そ》り上げる必要のない禿《は》げあがった頭を掻《か》きながら「どうもこうも」とつぶやいた。

「言って救われてゆく心情というのがありますからねぇ」

幹子はうなずいた。年寄りたちはいつも身内のことを心配する口ぶりで、実に巧妙に不満を相談事に変えてしまう。裏のお爺ちゃんの心配は息子や嫁が世間様からうける非難よりも、不本意な自分の老後にある。

「死ぬまでいいひとでいられる能力は、そのひとに与えられた徳ですもんね」

幹子が先代の言葉をそのまま口にすると、西教の体の向きが台所から部屋のほうへと変わった。幹子は檀家衆が先代と西教を比較するのをさんざん見てきたくせに、と自分の心づかいの足りなさを悔いた。

数秒の沈黙を電話の着信が救ってくれた。西教が受話器を取る。葬儀の依頼のようだ。

幹子は急いで折り込みチラシを切って束ねたメモとボールペンを渡した。西教は葬儀社の格安プランの場合に呼ばれることが多かった。西教は、自分に依頼があるときは、戒名も不要の、形式どおり読経をすればいいだけの葬儀だと言っていた。

台所に戻りトマトを切りながら、電話を受ける西教の声を聞いていた。通夜は明日の夜。今夜のうちに法衣の用意をしておかねばならない。幹子は夕食を作る手をほんの少し速めた。

六時半ちょうどに、静かな食事が始まった。卵焼きの味がいつもより濃い気がした。口に入れた瞬間、昼間のことが脳裏をかすめていった。幹子は不思議な気持ちでその景色を追う。今まで幾度となく檀家衆に開いていた体が、今日を境にひとまわりちいさくなったようだ。

――なぜいつもと同じ下着で出かけてしまったんだろう。

代が替わっても続けさせてもらえるかどうか朝から緊張していたくせに。幹子はそこに気の回らなかった自分を責めた。

「幹子さん、どうしました」

箸を持つ手が止まっていたらしい。西教の目を見ようとしても、少しも視線が持ち上がらない。

「どうしました」

「法衣」とつぶやいたあとは、するりと嘘がこぼれおちた。

「法衣の襟を替え忘れていました。ごめんなさい」

西教は「うん」と言ってトマトに箸をつけた。西教が箸で持ち上げた薄切りのトマトから、醤油がしたたっている。今まで、なぜトマトに醤油をかけるのか訊ねたこともなかった。胡麻和えの横にマヨネーズ、味噌汁にはふりかけ、大根の葉のおひたしには山椒がかかっている。どれもこれも西教の嫁になってから見たものばかりだ。ふと、夫が味付けにうるさくないのはこれら薬味なり調味料があるおかげではないかと思った。

その夜幹子は、なかなか寝付くことができなかった。就寝前に針を持ったせいではない。目を瞑《つむ》ると昼間のできごとが全身に戻ってくる。遠慮がちな指先が体に滑り込んでくる。困った——。

寝室にしている六畳の和室に、西教の吐く寝息が積もり始める。どこからともなく黴のにおいや香のしみ込んだ壁のにおいが漂ってくる。いつもは気づく前に眠ってしまうのに、と思った。部屋に満ちてゆく西教の呼気や寺全体にしみついたにおいに包まれながら、眠れないまま朝を迎えてしまう恐怖に捕まった。

佐野が言った「まいったなぁ」がもやもやとした胸からへそのあたりまで落ちてきたのは、日付が変わるころだった。

——まいったなぁ。

幹子もまた佐野と同じく「まいって」いた。今日のできごとは奉仕ではなく快楽だ。身なりも物腰も立派な佐野に、困惑されながらも普通に抱かれた。老人たちの要求どおりにやってきた今までとは違う。今日は「普通の女のように」抱かれたのだった。これは大黒の仕事ではない。

西教がちいさな鼾《いびき》をかきはじめる。佐野の声が遠のいて、幹子の腹の奥に残る記憶が再び熱を帯びていった。今まで四人の檀家の誰にも感じたことのない余韻が、腹の奥に溜まっていた。

翌朝、本堂の清掃をする際に幹子はそっとご本尊のかかとに布を滑らせた。

許されている。お布施の入った封筒は消えており、胸に深い安堵が落ちてきた。

第三水曜日の午後二時から二時間は、青山文治《あおやまぶんじ》の割り当て日だった。郊外にある昼間のラブホテルは、貧乏寺と似たにおいがする。

青山文治は建設会社の社長だが、ここ数年は商売の規模を縮小維持していた。昔と違い、大型事業は外貨が絡んでいるので危なくてしょうがないと、ここ一年は会うたびに同じ話を繰り返している。地方のちいさな土建屋に外貨のからむような仕事の声などかかるはずもないことに、幹子も気付いているが黙って聞いている。

「幹子さんよう、ひでぇ話を聞いてくれるかい」

「はい、なんでしょう」

幹子はベッドの脇に正座して、縁に腰掛けた青山の下穿きの上から脚のつけ根や中心をさする。一時間こうしていることもあるし、ときどきは直接さする。もう、これだけでいいんだ、と青山は言う。股間をさすりながら彼の、日常の些末《さまつ》なできごとや愚痴につきあう。

「山のほうにあった『ホテルローヤル』って知ってるか」

「ええ、近くにお墓があるところでしたね」

青山はそのホテルが今はもう廃墟になっていると言った。青山の体から漂ってくる老人のにおいが、廃墟という言葉に妙な現実味を与えていた。

「このあいだ、あそこの大将が死んでしまってよ」

青山の、わずかに芯を取り戻しつつあったものが力を失った。幹子は青山を元気づけようと、下穿きの内側へ指先を滑り込ませる。幹子の手に、間の抜けた欲望の残骸が触れる。

幹子はホテルローヤルと聞いて、西教と結婚する前の、ほとんど一文無しになったころのことを思いだした。

その男は、勤めていた病院が夜間救急当番だった夜に急患で運ばれてきた。虫垂炎だった。手術を終えて退院するころ、病院の外で会う約束をしていた。何度も「好きだ」「愛してる」と言ったくせに、決して幹子を自分の部屋には呼ばなかった。付き合い始めて四か月経ったころ、結婚したいが多額の借金がありこのままでは無理だと泣かれた。幹子の懐には男が立ち往生している借金と同じくらいの残高があった。これを出すからには覚悟を決めなくてはならないと、男の目をのぞき込んだ。男の濡れたまつげが幹子の頬に触れ、なだれ込むように快楽の穴へと引きずり込まれた。

幹子が返済相手に会わせてほしいと言いだしたときから、男のなかではほとんどの脚本ができていたのだろう。男は人目につくところでは会えないひとだからと、湿原を見おろす高台の上に建つホテルローヤルへと幹子を連れて行った。

現金三百万。幹子は覚悟を決めて、有り金をバッグのいちばん下に入れて男の車に乗った。運転席で男は「話し合い次第で、二百万円にしてもらえるかもしれない」と言った。

ホテルローヤルは、一階が車庫で二階が客室になっていた。外観は城のように白い壁にオレンジ色の屋根という派手さだが、一歩部屋へ入ると和室なのか洋室なのかわからない、すべてがどこかから寄せ集めた余り物でできているような、統一感のない建物だった。

「もう少しで、偉い人がやってくるから」と男が言った。男の言う偉い人の意味がわからない。幹子を抱かずに詫びを繰り返す唇をさびしく感じ、勧められたビールを飲んだ。壁紙の小花を数えているうちに眠気がさした。記憶があるのはそこまでだった。

目覚めたときには男も金も、部屋からなくなっていた。男に騙《だま》されたことよりも、財布に一泊分の部屋代とタクシー代が残っていたことに動揺した。幹子はアパートまでたどり着けるぎりぎりの金が財布に残っているのを見て、自分が十人並みかそれ以上の容姿を持っていればこの金もなかったろうと思った。そして、そんな容姿があったなら、騙されることもなかったろうにと自分を哀れんだ。

被害届を出そうか出すまいか、悩んでいるころに先代の住職と再会したのだった。

青山がおおきくため息をついた。入れ歯から腐敗臭がする。幹子ははっと我に返った。

「そこの社長の、今際《いまわ》の言葉ってのが笑わせるやら泣かせるやらでな」

「なんだったんですか」

「『本日開店』って言って死んだんだよ。いくら馬鹿でも、普通は死ぬとなりゃあれこれとあるだろうさ。けど、あの男は一級品の馬鹿だったんだなぁ。死ぬ間際にカチッと目を開けて『本日開店』って言ったんだ。そのあとぷつっと息が止まった」

青山の呼気が辺りに漂っている。先客の残したにおいやラブホテルが持つ湿った空気が混じり合い、臭いの層をつくっていた。老人の欲望は一瞬芯を持ち、すぐに力を失った。青山はそれで満足したようだった。

ホテルを出たあと、寺から五百メートルほど離れた目立たない通りで、青山が車を停めた。その日幹子が受けとった封筒はふたつだった。わけを訊ねると、青山は後部座席にあった紫色の風呂敷包みを、助手席に座る幹子の膝にのせた。二十センチ四方の、高さも同じくらいありそうな包みだ。

「これ、さっき話したホテルローヤルの」

そこまで言って、青山の視線が幹子からハンドルに移った。

「ご遺骨ですか」

まさかという言葉を飲み込む。封筒のひとつはいつもの「お布施」だという。もうひとつはこの遺骨のために使ってほしいということだった。

「焼き場に行って骨を拾わせてもらったが、ありゃひどかった。誰も箸で渡さないのよ。ゴミを捨てるみたいにばんばん骨壺に放るんだ。看取ったのは元の女房だったが、最後の最後に遺骨は要らないと言いだした」

元の妻はホテルの開業が原因で別れていた。結局骨壺は故人にラブホテルの商売を勧めた青山が持たされることになった。家に持って帰るわけにもいかず、しばらくのあいだ車の中に置かれていたという。

「骨になって行くところがないなんて、あんまりだ。ひどい話だと思わないか」

膝の上の遺骨は、そのままひとの一生の重さであるような気がする。幹子はそっと両手を添えた。青山が包んでくれた金額は寺にとっても救いだったが、金よりなにより西教がそんなさびしい仏を迎えることを断るわけがない。

「わかりました。うちでご供養させていただきます」

遺骨をひきとり、幹子は寺に戻った。通用口からではなく、本堂に面した玄関から入る。いつものようにご本尊のかかとに「お布施」を置いたあと、骨堂に足を向ける。骨堂で風呂敷の結び目を解くと、「田中大吉殿」というメモ用紙がのっていた。戒名ももらっていない仏のようだ。

今際の際に「本日開店」などと言い残したばかりに、誰も引き取り手がいなくなってしまった骨だった。本人もまさか自分がそんな言葉を遺して死ぬとは思っていなかっただろう。最後の最後にこんなに軽くなって更に見捨てられた遺骨は、その経緯を聞けばなお軽い。幹子は空いている骨堂のいちばん端の扉を開けて、ひとまずそこへ骨壺を入れた。

本堂の引き戸が開く音がしてすぐに西教が現れた。

「どうしました」

上手《うま》く微笑《ほほえ》むことができない。預かりうけた遺骨が、青山から頼まれたものであることを伝えなくてはならないのに、どこから説明すればいいのかわからない。西教は訊ねるでも探るでもなく、いつもの微笑みを浮かべ幹子の前に立っていた。

「お骨を、預かったんです」

「どなたのご遺骨ですか」

「お寺の前で、檀家の青山さんから」

ほとんど答えになっていない。西教はうなずきながら幹子の説明を聞いている。いくら言葉を尽くしても、隠さねばならないことが多すぎてうまく伝えられる気がしなかった。寺の前までの時間について事実を伏せながら説明を続けるには、まだまだ言葉が足りない。

すぐに西教を呼ばなかったことや、寺の前でばったり青山に会ったこと、住職に挨拶もせずに骨壺だけ置いていったことなど、つじつまが合わなくてもこれが今の精いっぱいだ。西教の額には深い皺が彫られ、傾けた首にもうなずく頬にも慈悲深い気配が漂っている。

「お時間がないと仰《おつしや》るので勝手に預かってしまいましたけど、うちでご供養するのがいいんじゃないかと思ったものだから。勝手なことをしてすみません」

「いや、そのとおりですよ。幹子さんの言うとおりだ。骨堂はもっと本堂に近いところのほうがいいんじゃないですか。いっぱい空いてるんだから、そんな隅っこじゃなく少しでも居心地のいいお参りのしやすいところに置いて差し上げてください」

幹子は夫の言うとおり、田中大吉の遺骨をいちばん本堂に近い場所へと移した。幹子が棚を清めているあいだに、西教が灯明《とうみよう》や香の準備をする。ひとがやっとすれ違えるくらいの細い通路の、両面にずらりと骨堂が並んでいた。先代がいたころはすべて埋まっていたが、今は半分ほどになっている。遺骨の大半は年に一度のお参りがあるかないかだ。

薄い鉄製の扉に冷やされた骨堂は、寺の中でもっとも湿った空気が漂っている。田中大吉の遺骨は、幹子が預かりうけてから一時間ほどで供養を終えた。

青山から受けとった封筒のひとつを、骨壺の隣に置いた。読経のあと西教が封筒を手に取ったのを見て、幹子は手を合わせて一礼した。

八月に入ってすぐの晴れた日だった。

一か月が経ち、再び佐野の順番がやってきた。お盆を前にして、観楽寺も檀家衆もそれぞれ忙しくなってきている。みな盆休みを取るために普段の倍働く。墓苑での予約も入り始めていた。

佐野が待ち合わせに指定したのは、このたびも歓楽街に近い川岸のビジネスホテルだった。今日はスーパーの片隅にある格安衣料店で買った、黒いブラジャーとショーツを着けている。それだけで心構えができたような気がしていた。

幹子の耳の奥にはまだ「まいったなぁ」という言葉が澱《おり》になって沈んでいる。一か月で忘れられるような言葉でもなかった。幹子はストッパーで止められたドアを押して、指定された部屋に入った。佐野はシャワー後のガウン姿で待っていた。室内は午後の日差しが入り込んで、幹子が気後れするほど明るい。

「こんにちは、よろしくお願いいたします」手を合わせて挨拶をする。

ビジネスホテルのツインルームは、ふたりがここにいる目的を薄めてくれる。そのぶん太陽がまだ高い位置にあることが後ろめたくもあった。明るすぎる。幹子がいくら眉を整えて口紅を塗ったところで、姿かたちがひとより劣っていることは男のほうがずっと冷静な目で見ているだろう。六十や七十、それ以上の檀家衆ならば若いというだけで割り引いてもらえた容姿も、年齢差が十歳程度ではメッキのひと塗りもなく露《あら》わになっているに違いない。

ビールはいいのかと訊ねた。佐野は夕方から別の仕事先に行かねばならぬという。

「車で来てるんですよ。野暮なことですみませんね」

「いいえ、お忙しいなかありがとうございます」

頭を下げれば、そこから先は奉仕の時間だ。心を動かさず、佐野に言われたとおりに動けばいい。誤算は、幹子がシャワーから戻ったあと男がすでにベッドに入っていたことでも、部屋が思ったより明るかったことでもなかった。

先月は女に不慣れな気配を漂わせていた佐野だったが、このたびは——これが本来の彼なのではという邪推を許すほどに——易々《やすやす》と幹子を抱いた。

「ここ、だいじょうぶですか。嫌なら言ってください」

「かまいません、どうぞ」

佐野の言葉と腕に開かれてゆく体が疎ましい。これが奉仕などではないことに、嫌でも気づかねばならない。

十年も老人たちのかすれた煩悩と付き合ってきた幹子にとって、佐野の冷静さはとりわけ恐ろしかった。そのくせ受け入れた部分に力が入ると、彼の動きが止まる。佐野の快楽に多少でも火がついたことに気づいたあと、幹子は意識的に腰に力を入れた。

ことの終わりにはもう、幹子の脳裏から「まいったなぁ」のひとことが消えていた。

身繕いを整えたあと、佐野は上着のポケットから「お布施」と表書きされた封筒を出した。唇の片方がわずかに上がっている。

「どうぞ」

前回よりもぞんざいな仕草だ。幹子の心にあった水面が、それまで一定だった水位を失い波立ち始めた。急に、慈悲深い西教のまなざしを思いだした。左右に揺れて、一回転。幹子も一緒にぐるりと回る。

「お寺も、いろいろと大変だって聞いています。こういうのもどうかと思うけど、長いこと続いてきた慣習なら、仕方ないでしょう」

幹子は男の歪《ゆが》んだ口元を見ていた。感情などどこにもなさそうな、不思議な音が続いている。こんな顔をいつか見たことがあった。記憶の底に訊ねてみる。ホテルローヤルから姿を消した、あの男の笑い顔に似ていた。どんなことも愛のせいにできる顔だ。

「来月ここにくるのは、もしかしたら僕じゃあないかもしれない。でも、お布施は僕がだします。うちにもお得意先ってのがあるんです。親父は個人的に支援していたかもしれないが、代が替わっては使途不明金も捻出しづらいんだ。僕は僕の方法であなたを支援しますよ」

佐野はつまり、お布施を接待費として計上するので相手が変わることもある、と言うのだった。幹子はうなずく術《すべ》もなく彼の肩越しにある窓を見ていた。日暮れに近づいて、川《かわ》縁《べり》の景色は朱色がかっている。

「じゃあ、そういうことでよろしくお願いします」

男が去ったあとの部屋に、香のにおいが漂っていた。幹子はようやく、そのにおいが自分から放たれていることに気づいた。佐野が幹子の移り香を取るためにホテルの廊下でスーツを叩いているところを想像する。

幹子の胸に、毎月違う快楽が訪れる期待と、暗い草地に向かってたたずんでいるような不安が交互に押し寄せた。

翌朝、本堂の清掃をしていた幹子はご本尊のかかとに置かれたままの封筒を見つけた。ささくれたい草が足の裏に刺さる。い草をなだめるように雑巾がけを続けた。

佐野から受けとった「お布施」は、翌日もそのまた翌日もご本尊のかかとに置かれたままだった。西教との暮らしはなにひとつ変化がない。いつもと同じ時刻に起き、食べ、おつとめを果たし眠る。その繰り返しが続いている。

翌月、佐野の割り当てになっている日の朝、幹子は祥月命日の骨堂を開けた。なかには、田中大吉の棚もあった。西教の手によって書かれた俗名の位牌。幹子は「本日開店」と言い残して死んだ男の来し方を思った。男の骨も幹子が佐野から受けとった金も、行き場なくここに在る。幹子はやがて自分も、という予感に蓋をした。

――本日開店。

佐野の代わりに、今日は誰がやってくるのか。幹子の扉も開き始めている。ほかの檀家からの封筒は翌朝消えているのだが、佐野からのものだけはひと月経っても残っていた。西教はもう、檀家の代替わりが幹子にもたらした快楽に気づいているのだ。受けとることを拒否するひとの心の在処に、気づかぬふりをして通り抜ける。考えても考えても答えの出ない日々を、これからもずっと歩いて行かねばならない。

――本日開店。

道は一本しかない。幹子も動きだす。

ここから先は意識的に、静かに、足音をたてぬよう、そっと。

えっち屋

雅代《まさよ》はマジックミラーになった覗《のぞ》き窓を開けて、九月の空を見上げた。屋根の上を大きく旋回しているのは丹頂鶴《たんちょうづる》だ。鶴居《つるい》方面から湿原を突っ切ってやってきたのだろう。風切羽《かざきりばね》の黒さと腹の白さが、深い水色の空に映えている。生まれてからずっと続いたラブホテルの事務室暮らしも、今日で終わる。

「なんも、こんなにいい天気にならなくたって、ねぇ」

窓の外に向かって呟《つぶや》いてみる。ホテルローヤルが建てられてから三十年が経った。

雅代の父、田中大吉がそれまでの家族と仕事を捨てて、身ごもった愛人と始めた商売はラブホテルだった。父と母は、娘が物心つくころにはすでに用のあるとき以外話さなくなっており、雅代もそれをあたりまえにして育ってきた。

高校の卒業式の翌日に母親が家をでてから十年が過ぎた。書き置きも何もないので、本当の理由は知らない。母がいなくなって数か月経ってから、わけ知り顔のパートが、飲料水メーカーの配達員と一緒に町をでたようだ、と耳打ちした。父親が何ごともなかったように妻の消えた生活を受け入れたところをみれば、最初から知っていたのかもしれない。元愛人が愛人を作って家をでて行った、それだけのことだ。あいだに生まれた雅代だけがぽっかりと宙に浮いている。

雅代が高校に入学してからの母は、口癖のように言っていた。

「就職なんかしなくていいよ。うちの仕事を手伝えばいいじゃん。お父ちゃんがちゃんと給料払ってくれるよ」

就職試験はすべて落ちたので、結局家業を手伝うことになったが、母親の失踪と自分の落ち着き先が同じ日に決まったのも思い返せば皮肉なことだった。

七十半ばの父も、今は肺を患い入院中だ。

正直なところ、誰も頼る者がいない生活がこんなに気楽なものだとは思わなかった。母が家をでて雅代がホテルの管理をするようになってから、父は滅多に事務室にこなくなった。どこで寝泊まりしているのか訊いても答えない。元の女房のところに身を寄せているようだと、出入りの業者から聞いた。

何もここまで晴れなくたって——。

雅代はもう一度つぶやいて、窓の外を見た。

客室の入口も、六枚のシャッターもすべて閉めた。営業は昨日で終えている。もっとも、ここ半年は閑古鳥《かんこどり》が鳴いていた。三月末にひと組の客が心中事件を起こしてから一か月ほどは週刊誌や写真雑誌の記者が「三号室」を目当てに訪れたが、あとはぱったりと客足が途絶えた。その後の客は事件を知らない旅行客か、「出る」という噂を聞きつけた心霊マニアのどちらかだ。

「心中事件のあった部屋って、どれですか」

小窓に向かって図々しく声を掛ける客には、わざと別の部屋を教えた。インターネットで部屋の様子が流れていると知ったのは、つい最近のことだ。ホテルローヤルの全景と、地図、湿原を見おろす最高のロケーションといううたい文句も、『心中の現場』というタイトルで経営者の田中雅代に断ることなく全世界に流されている。白いロープを男女の寝ているかたちに象《かたど》って、いかにも事件直後のような映像を流しているブログもあった。

高校を卒業してからずっと使い続けているソファーベッドの背を起こす。もう二度とここで眠ることはないと思っても、とりわけ感傷的な気持ちにはならなかった。

十年間ここで寝起きし、食事をしながら二十九歳の今日まで暮らしてきた。ラブホテルの管理以外の仕事をしたこともない。盆暮れ正月、祭りや花火大会のかき入れ時は、部屋の回転数を上げるために掃除に走る。たとえ食事の最中でも、ベッドメイクと風呂掃除をする。男と女の後始末が、ここに生まれた雅代の仕事だった。

飲料水メーカーや酒屋、出入りの業者に連絡し、引き取ってもらえるものはほとんど処分した。あとはえっち屋がくれれば後始末も終わる。

「今週末いっぱいで廃業することになったので、在庫を引き取ってもらえませんか」

そう言うと、十勝《とかち》にあるアダルト玩具販売の営業担当、宮川《みやかわ》は「急ですね」と言ったき

り しばらく黙り込んだ。豪島商会という社名はあるのだが、扱うものがアダルトグッズやAVビデオのリースなので、業界ではえっち屋と呼ばれている。今日、営業の宮川に在庫を戻せばここをでて行く準備はすべて終了だった。

「それでは、月曜日の午前十時にお伺いします」

宮川は本当に午前十時ちょうどに現れた。毎月DVDの更新にやってきて、アダルトグッズの入れ替えや商品説明をするのが彼の仕事なのだが、いつ見てもひと昔前の銀行員という印象は変わらない。髪は七三、遊びのないメタルフレームの眼鏡をかけ、毎度ねずみ色のスーツを着ている。

アダルトグッズを机に並べてひとつひとつ説明するときも、こちらがDVDの傾向や客からの苦情や要望を伝えるときも、宮川は一切笑わない。当然、雅代の方も大まじめな顔をしてバイブやローター、ディルドやラブオイルの説明を受けることになる。客に訊かれたときに答えるためだ。

いつか雅代が「もうちょっと冗談を言うとか、愛想良くした方がいいんじゃないの。こんな仕事なんだからさ」と言ったときも、宮川は「こんな仕事だからこそ、愛想良くできないんです」と応えた。年齢は十歳年上の三十九歳。担当が代わったということで引き継ぎに現れた十年前から今まで、雅代が彼について持っている情報は年齢だけだった。

「ぜんぶ売れ残っちゃってて、申し訳ないんだけど」

雅代は事務室の机の上にあるみかん箱大の段ボール箱を指さした。宮川は箱を開けて、ひとつひとつ在庫を取りだす。

「仕方ないですよ。昔はラブホテルやその手の店に行かないと手に入らなかったアダルトグッズも、今はインターネットで簡単に注文できますから。本当のところ、うちもネット販売の収益がほとんどです。品物欄にはパソコン機器と書きますし、女性のお得意さんも堂々と買われるご時世です」

言っているあいだも、淡々と品物のチェックをしている。ピンク色のビニール袋でラッピングしてある極太のバイブレーターは「ご褒美」というネーミングだった。

「なんの褒美なんだか」

雅代が何気なく言った言葉に、宮川が顔を上げた。

「モニターからはかなり評判がいいんです。ヒット商品のうちのひとつです。確かになんの褒美かはわかりませんが」

宮川は、部屋から引き上げてあったパンフレットの束を手に取り、枚数を確認し終えると段ボール箱に入れた。商品は売れたぶんだけホテルが定価の半分をもらうことになっているので、今日の彼の仕事は在庫の回収のみだ。

「ごめんね、ひとつも売れてないのにわざわざきてもらっちゃって。小包で送ればよかったって、連絡した後で気づいたんです」

「春からいろいろとあって、ローヤルさんも大変だったでしょう。災難だったと思います。ただ、商売には引き上げ時ってのがありますから、そこを見誤るともっとしんどいことになるんじゃないですか。僕は十年この仕事やってきて、夜逃げをしたホテル屋を何軒も見ました。しっかりと後始末をしてから閉める経営者なんて、ローヤルさんが初めてです」

ホテルを閉めたあとのことは税理士に頼んだ。物件はリース会社預かりということになるが、営業を再開する予定はないという。土地の売買が決まらなければ建物の取り壊しもできないと聞いた。

いざ出てゆくことに決めてしまうと、もうここは雅代の居場所ではなかった。父も母も雅代自身も、ホテルを経営していたというより「ホテルローヤル」という建物に使われ続けていたのだと気づく。借金まみれの建物は毎日金を生んだが、そのぶん支払いに追われた。昼も夜もない暮らしはあたりまえだった。客は陽が高くても夜を求めてここにくる。後ろめたさを覆う蓋に金を払う。

廃業の段取りを褒められて、素直に笑った。

「夜逃げできるような度胸があれば、ここに十年も座ってなかったと思う」

宮川の視線が持ち上がった。事務机に並んだアダルトグッズを挟んでの会話にしては湿っぽい。滑稽さはすべてペニスのかたちをしたグッズたちが引き受けている。

「これからどうするんですか。住む場所や仕事はもうお決まりですか」

「どっちもない」

宮川がひとつ大きく息を吐く。呆れているのか、気の毒がっているのか、無表情は相変わらずだ。開けた小窓から風が入ってくる。霧も去り、一年で最もいい季節になった。

「さっき、屋根の上を鶴が飛んでた。あんな風にしばらくのあいだ、車であちこち行きながら、住みたい場所を探そうかなって思ってるの。冬まではまだ間があるし。なんだか夢みたいな話でしょう」

雅代はソファーベッドの前に置いたリュックとボストンバッグふたつを指差した。持ち出すものは着替えと、飲料水や有料放送の売り上げを少しずつ浮かせて作った半年分の生活費しかなかった。同意を求めたつもりだったが、宮川はただでさえ愛想のない顔をしかめて言った。

「女の人ひとりで、そんなあてのない暮らしができるもんでしょうかね」

「宮川さんは『マイ・ブルーベリー・ナイツ』って映画観たことない？　ノラ・ジョーンズが出てるやつ。ああいうのをイメージしてるんだけど」

「妻がジュード・ロウのファンなんで、名前だけは知ってます」

「宮川さん、結婚してるんだ。奥さんって、どんな人なの」

生真面目な男が戸惑う姿は、机の上の偽ペニスよりずっと滑稽だ。

「どんなって、普通の奥さんです」

「わたし普通ってよくわからないんだ。言い切っちゃえばなんでも普通だと思うけど」

雅代は彼が笑った顔を初めて見た。口角が均等に上がって、想像以上に柔和な印象だった。笑い顔には男のすべてがでてしまうと、なにかの本で読んだことがある。

「僕の携帯の通話記録やメールを見たり、仕事の内容をあれこれと疑ったり、いろいろと忙しい、普通の女の人です」

思わず吹き出した。ひとしきり笑ったあと、彼が静かに言った。

「仕方ないんです」

窓から吹き込む秋の風に背を押されたみたいに、宮川がぽつぽつと妻のことを語り始めた。ＤＶＤを流すプレーヤーの音も、ボイラーの音も、電話もエアシューターもシャッターの音もしなかった。雅代が知るかぎりホテルローヤルが建てられてから初めて迎える静かな時間だ。

豪島商会に入社する前、宮川はもともとは市役所勤めをしていたと言った。辞めた理由は上司の妻との関係を暴露した怪文書が回ったから。

「市役所って、そういうところなんだ」

「ごく稀《まれ》にそういうことをする人もいる、というだけです」

「そいつ暇だったんだよ、きっと」

「僕もそう思います」

安定した職を失って上司の妻と一緒になった男がようやく見つけた仕事が、アダルトグッズ販売の豪島商会、通称「えっち屋」だった。

「奥さん、この仕事に反対しなかったの」

「別の土地にでも行かない限り、噂は必ずついてきますから。長い目でみたら、同じ土地で真面目に働いていた方が得るものが大きいような気がしたんです」

「思い切ってどこか行っちゃえば良かったのに。そのほうが楽だったでしょう」

「親がいるので、そういうわけにも」

今日雅代が商売とともに肺を患った父親も捨てることを告げたら、宮川はなんと言うだろう。えっち屋になったいきさつひとつとっても「長い目でみたら」などと言いながら、女がらみで職を追われたというのがこの男の不器用なところか。上司の妻に手をだした思い切りの良さは、それ以降の生活にはまったく活かされなかったようだ。

「すみません、くだらない話です」

えっち屋は、咳払いをひとつして机の上のアダルトグッズを箱に入れ始めた。

事務室にひとりきりという時間が増えてから、自分には友人がいないことに気づいた。半年前までいてくれた清掃パートは、よい話し相手ではあったけれど相談相手ではなかった。すべて自分で決めていけると思えば背筋も伸びるが、どこへ向かうのか考え始めると終わりがなかった。

「今日でここも最後だし、餞別《せんべつ》だと思って普通の奥さんの話、聞かせてよ」

夫の携帯をチェックし、仕事の内容を疑うという普通の女との暮らしを聞いてみたかった。雅代の問いに、宮川は表情を変えずにぽつぽつと語り始めた。

「一緒になって十年と少しですが、仕事で使っているパソコンや携帯電話の着信発信記録も、メールもすべて確認するようになってから七年になります」

定時連絡も一日三回以上というルールだという。気を遣って多くすれば余計に疑うとなると、もう病的だ。

「ちょっと、それってひどいじゃないの」

いくら夫婦でも、と言いかけた雅代に宮川は柔和な笑顔を向けてくる。

「彼女には僕しかいないので、そのくらいは」

「まぁ、携帯の着信とか履歴ってのは削除もできるだろうけど」

「そんな面倒なことはしませんよ」

雅代は彼の妻になんの同情も湧かなかった。ただ、女房がそんな風になってしまったきっかけを話すときの彼の口元を、黙って見ていた。

えっち屋には、商品の情報管理という仕事もある。新商品の使用感を何人かのモニターに一定期間試してもらい、レポートや映像をもらう。モニター商品は「ご褒美」だったり、調教グッズだったり、ラブオイルだったり。初級・中級・上級の使い方をネットで紹介もする。

「モニターさんのレポートや画像はぜんぶ僕のパソコンに入るようになってるんですよ。ホームページの更新も僕の仕事なんで」

豪島商会は社長ひとり社員もひとりだ。

「ホームページに画像を入れたりモニターのレポートを添削しながら載せたりする仕事は家でもできるので、さほど負担にも思わずやっていたんです」

「それを奥さんも横で見ている、と」

「まぁ、そういう感じです。モニターさんって、グッズのマニアだったりもしますから。口コミで爆発的に売れたりするんです。こっちも顧客の中でいい感想をくれそうな方にお願いするんですけど。感想の評判がいいと、どんどんエスカレートする傾向があるんです」

「くじらレディ」という潮吹きグッズを試してもらう予定だった常連のモニターが、「宮川さんと一緒なら、撮影オッケー」というメールを寄こしたのがそもそもの始まりだった。

「通常モニターさんとは顔を合わせません。すべて宅配便とメールのやりとりで、会うことはないんです」

モニターはしつこく宮川を誘った。携帯メールと電話で駄目なら、と実際に会社にやってきたこともあった。社長が、自分ならば相手をすると言ったところ、宮川でなければ今後一切モニターはやらないし、ネットに豪島商会のことを書き込むと宣言した。

「いい書き込みなら歓迎なんですけどね」

そんな展開あるわけがない。宮川は顧客の要求をのみ、社長がビデオカメラを回した。

「まるきりＡＶ撮影じゃないの、それって」

「僕の方は服を着て、腕と手だけを映してたんですけどね」

その女とは、最後までしなかったのかと問えば「それは僕の仕事じゃありませんから」。

宮川はきっぱりと言い切ったが、問題はその後だった。

ネットを見た妻が画像の腕が夫のものであることに気づいて、ひと騒ぎ起きた。いくら社長を交えて説明しても、なかなか納得しなかったという。宮川の、嘘くさいほどの真っ直ぐな瞳を見る。男の訥々《とつとつ》とした話しぶりに、「撮影作業」や妻の混乱を想像した。

それが七年前の出来事で、彼の妻が夫の行動を見張り始めたきっかけだった。

「なんか変なの。駆け落ちする先もいざこざ起こす場所もみんな同じなんて」

「自分で選んだことですし」

「なにか、大きくずれてる気がする。宮川さんと奥さん」

宮川は低く唸《うな》ったあと、首を傾げた。

「僕、正直言うと、妻にはこういうグッズを使ったことないんですよね」

仕事と家庭は別なので、と言う。わからないわけじゃない。雅代もホテル屋が商売用の部屋を使ったらおしまいという、暗黙のルールのなかで生きてきた。

「筋がとおっているんだかいないんだか」

「僕の場合、あくまでも売り物としてしか」

宮川が目を伏せた。雅代は妻に少し同情した。大きくため息をつく。

「つまんない男」

応えず、宮川はうつむいた。

晴れてこの事務室からでて行けるという日だった。宮川を見ていると、十年ものあいだ父親の捨てた夢に縛られてきた自分の馬鹿正直さに腹が立ってくる。

このままでは——。

雅代は息を吸い込みアダルトグッズが入った段ボール箱を持ち上げた。根掘り葉掘り訊いたのは雅代のほうだが、このまま「さようなら」もなにやら後味が悪い。

「今日はね、わたしの新しい旅立ちなの。もっとぱっと陽気にここからでて行こうかと思うんだ」

宮川が唇を半開きにして雅代を見ていた。ずり下がった眼鏡を手の甲で上げる。

——あの、ゲンの悪い三号室に復讐《ふくしゅう》だ。

雅代は段ボールを持ったまま事務室から通用廊下にでた。振り返ると、宮川が眉を寄せ訝《いぶか》しげな表情でついてくる。

今日は旅立ち。今日から自由。今日でお別れ。今日が始まり——。

一歩一歩、念仏のように唱えながら三号室の前まできた。宮川は数歩離れて立ち止まった。ふつふつと笑いがこみ上げてくる。勢いよく客室に上がる扉を開けた。

昨日まではこの狭くて急な階段を、掃除道具の詰まった買い物カゴふたつを抱えて上り下りしていた。男と女の交わったあとの、鼻がもげそうな臭いに耐えながら、黙々とシーツを替え湯船を洗い、天井や壁の水気を一滴残らず拭き取ってきた。パートを雇う金がないここ数か月は、一日にひと組でも客が入ればいいほうだった。

建物には六つの客室があるが、どれもみな同じ間取りだ。一階は車庫で、二階が客室になっている。八畳間がふたつあり、一段高い場所がベッド部屋。ベッドの前にはガラス張りのバスルーム。こんなふざけた部屋を考えた父親の顔を思いだすと、無性に腹が立ってくる。

床の建材をケチったものか、それとも欠陥なのか、客室で喘《あえ》ぐ女の声は通用廊下に筒抜けだった。ベッドで暴れる客が帰ったあとは、廊下の天井にある通気口の蓋が振動でずれてしまうのが厄介だった。

一度目の改築をするときに大吉が文句を言うと、青山建設の社長は焼酎焼けした鼻をひくつかせて「そりゃあ廊下にいたら楽しいでしょうな」と言った。とんだ助平《スケベ》親父だ。心中事件の後は一度もやってこない。もう蓋がずれることもないし、いちいち閉めることもないのだった。

ぐるりと室内を見回した。湿気った壁から三十年分の、男と女の臭いがしみだしてくる。何度も貼り替えた壁紙は、職人に頼む費用を惜しんだばかりに皺が寄ったり波打ったりしている。客たちが日常を抜け出す理由も、体を繋ぐ意味もわからなかった。部屋で絡まりあっていた男や女は、いったいここで何を考えていたんだろう。

雅代はいくら内線電話を入れても応答のない三号室にやってきた春のことを思いだした。手を繋いでベッドで仲良く転がっていた、セーラー服とスーツ。そこそこ客の入りがあった三連休の最終日に、まさか自分が心中事件の第一発見者になるとは思わなかった。

こんな場所で死ぬなんて馬鹿なふたりだ。ベッドを見下ろす。道南からやってきた教師と女子高生だった。しばらくは恨みもしたが、ここを出るきっかけをくれたと思えば、一度くらい手を合わせてもいいような気持ちになる。

「ここ、ですか。例の」

雅代は応えずベッド部屋に上がり、丸いベッドの上にアダルトグッズの入った段ボール箱を放った。

「大丈夫よ。四隅に塩を盛ってお祓《はら》いして、中古だけど丸いベッドに交換したの。ほら、角があると祓いきれなかったところが残るような気がするじゃない」

お祓いといっても、客室が覚醒剤事件や強盗犯の潜伏に使われたあとに母親がやっていたことを真似ただけだ。雅代が事務机に入っていた塩や般若心経のコピーを使ったのはあれが最初で最後だった。しかし三度上げたお経も虚しく、すぐに古参のパートも切らざるを得なくなった。

ひとりで大丈夫か、と言ってくれたのは五十代の物静かな女だった。最後の最後まで、雅代についてきてくれた。出ていくときは彼女にも挨拶はしない。行き先を訊ねられても答えられないし、無駄に心配をかけるくらいならば会わないほうがいい。

「宮川さん、これ使って遊ぼう」

眼鏡の向こうで、男の目がまん丸に開いた。

どんなに水道代がもったいないと思っても、客が無駄に溜めて帰った湯は捨て、客室の湯船は使ったことがなかった。歯ブラシ一本も、客用のものは使ってはいけない。そういうものだと教わってきた。

天涯孤独をかみしめるのに打って付けとは言い難いが、売り物で遊べない宮川と客室を使って遊んだところで今さらどうなるものでもないだろう。嫉妬深い妻のことは意識から追いだす。

「やり方忘れちゃうくらい久し振りなんだ。悪いんだけど」

高校を卒業する少し前につきあい始めた男と、三度したきりだった。男の下宿でたった三度。どれも上手くいった気はしなかった。もう名前も覚えていない。客があげていたような喘ぎ声など一度もでなかった。自分が悪いのか男が下手なのか、わからないまま別れた。母が出奔して雅代が事務室に詰めるようになったため、会う時間がなくなったせいだった。

あれから今の今まで、セックスしたいと思ったことがなかった。それは客がするものであって自分とは無関係な行為になっていた。結果、粘膜を擦り合って何が気持ちいいのかわからないまま二十九だ。この馬鹿馬鹿しくなるほど真面目な男なら、棒に振ったかもしれない雅代の十年を飾る相手としてふさわしいのではないか。

「遊ぶだけ遊んだら、でていきます。もう、掃除する必要ないし。きっとこのまま何年も放置されっぱなしになるんだ。その辺のことはえっち屋さんの方が詳しいでしょう」

「そうですね、再開の目処《めど》が立たないこの手のホテルは、一度営業を休んだらそのまま廃墟になることが多いです。鉄筋の建物なら別の活用法もあるでしょうが、木造モルタルで築三十年というとちょうど乱立時期ですし、実のところ土建屋が建材をごまかして建てた手抜き物件ということも少なくないですから」

吹き出しそうになるのを堪《こら》え、雅代はTシャツを脱いだ。ブラジャーを外し、ジーンズも脱ぐ。へそまで隠れる肌色のショーツは残した。

「えっち屋さんもいろいろあるだろうけど、ホテル屋もいろいろあったんだ。御法度を突き破って、すっきりここをでて行きたいんです。お願いします」

我ながら上手い誘い文句だと思ったものの、雅代から目を逸らした宮川がテレビの前から動く気配はない。こっちはショーツ一枚、暑くもないのに背中に汗をかいている。

居心地が悪くなってきたころ、宮川がスーツの前ボタンを外し始めた。脱いだ上着を丁寧な仕草で傍らのラブソファーに置く。ネクタイ、ワイシャツ、靴下、アンダーシャツを取り、オレンジ色の豹柄《ひょうがら》トランクス一枚になってようやく雅代の方を見た。男のトランクスは、洗濯を繰り返し色も褪《あ》せて、どこから見ても安物だ。

身長は雅代より少し高いくらいだから、百七十あるかないかというところだろう。色白な印象は、トランクス姿になっても変わらなかった。胸毛の一本もないつるりとした胸板。痩せてもいないし太ってもいない。慎ましくしなやかな筋肉が両腕や太ももを包んでいた。

「僕はこの十年、男も女も、体を使って遊ばなきゃいけないときがあると思いながら仕事をしてきました。自分はそのお手伝いをしているんだと言い聞かせながらやってきました。間違ってはいなかったと思います」

彼は深々と頭を下げたあと、雅代の隣に座った。無理に笑おうと思うと頬が引きつりそうだ。懸命に言葉を探した。

「そのトランクス、宮川さんの趣味ですか」

「いや、そういう感じでもないです」

「じゃあ」

どういう感じなのかという問いをのみ込む。男の頬に残っていた戸惑いの色が消えて、優しい微笑みに変わった。


雅代は段ボール箱に入っていたアダルトグッズを手にして訊ねた。声が震える。

「どれから使いますか。ちゃんと買います」

宮川は雅代が手に取った「ご褒美」を取り上げ、段ボール箱に返した。

「こういうことは、ちゃんと手順を踏まないと」

「わかんない、手順なんて」

「すみません。実は僕もよくわかりません」

ふたり同時に長いため息を吐いた。とりあえず男の肩に頭をのせてみる。風呂の中が見えるように張られたガラスが、鏡になってふたりを映していた。

なるほどこれはこのような使い方をするものなのか――。

雅代は初めて、浴室の壁にはめ込まれたガラスの利用法に気づいた。宮川もガラスに映った自分たちを見ていた。どちらもそれ以上は動かない。男の両手も雅代の両手も、それぞれの膝に置かれたままだ。三号室を通り過ぎた客たちはこのガラスにいったい何を映していたんだろう。

「現実だよね、っていうか格好悪いな」

「申しわけありません」

謝らねばならぬのはこちらのほうだ。雅代は自分が思っていたよりずっと貧相な体をしていた。宮川と、ガラスの中で目が合う。いたたまれず、ベッド脇に立ち掛け布団をめくった。真っ白いシーツだ。くぼみも皺もない、ピンと張られたシーツを見下ろす。気づかぬうちにベッドメイクの仕上がりを確認している。我ながらなかなかの職人芸だ。

「バカだな、こんなところで死ぬなんて」

意を決して男の腕に手を伸ばした。

ベッドに仰向《あおむ》けになる。天井の隅に何か光っている。蜘蛛の糸だ。いつもいつだって、清掃中は絨毯に落ちた髪の毛や陰毛や紙くず、煙草の穴ばかり気にして天井など滅多に見たこともなかった。

「非日常か」

雅代のつぶやきを宮川の体が覆った。男の体の重みなど、覚えていない。他人の皮膚は思ったよりずっと冷たかった。唇はもっと冷たい。首筋から肩へと下りてゆく。胸の先へ届いても、男の唇は温まらなかった。

シーツの上にある彼の右手を腰のほうへと誘った。ためらいを更につよく引き寄せる。指先がへその下を滑り亀裂のそばへと近づいた。つよく目を瞑る。体の位置をずらす。シーツが体温を吸い込んでゆく。男の指先に意識を集中させると、全身が柔らかく変化する。

指先――。体がうねった。吐息に音が混じる。こんな、まさか――。

雅代の声と同時に、男の動きが止まった。亀裂を割ったまま、電池が切れたように動かない。あまりに長いこと黙っているので、思い切って彼のトランクスに手を伸ばした。ここであと戻りするくらいみじめなことはない。

男が動きを止めた理由を想像してみた。手に触れるゆらゆらと力ないものを、どうすることもできなかった。漏れた声が悔しかった。

「奥さんのこと、考えたでしょう」

応えない男の背に両手を伸ばし、引き寄せる。重みを全身で感じてみる。これ以上望んだら宮川を忘れられなくなりそうだ。精いっぱい笑った。男は感情の在りかがつかめない唇を重ねたあと、静かに言った。

「すみませんでした」

過去形だった。

身繕いを整えたあと、雅代はベッドの縁に座った。宮川もスーツを着込み、ラブソファーに浅く腰掛けた。足下にはグッズの入った段ボール箱。何ごともなかったような表情が、雅代の気持ちをからりと乾かした。

男も女も、体を使って遊ばなきゃいけないときがある――。

けれど、ふたりのそれは今日じゃない。男には、勢いだけでは越えられない何かがある。宮川はぽつぽつと言葉を切りながら、妻が初めての女だったことを告げた。

「それって、理由になるのかぁ」

雅代は体を折り曲げて笑った。彼の妻がとんでもなく幸せな女に思えて、息が苦しくなる。どんどん乾いてゆく。どんどん軽くなる。そして最後は何も残らない。残さない。

「わたしも宮川さんのこと好きになりそう」

「ありがとうございます。ご期待に添えず、申しわけありませんでした」

「安心して。期待どおりでした」

だいじょうぶ、ちゃんと出ていける。すっきりと乾ききった胸奥に、心地よい風が吹き始めた。そよそよと明日へ向かって吹く、九月の風だ。

「行き先は訊ねませんが、どうかお体に気をつけて。新しい毎日を大切に過ごしてください。では、失礼します」

宮川は段ボール箱を抱えて一礼したあと、ゆっくりと階段を下りて行った。売り物を使えなかった男が日常に帰って行く。床板のきしむ音が絶えて数分後、窓の下で砂利を蹴って発進するエンジン音を聞いた。雅代は立ち上がり、ぐるりと三号室を見回した。

心中事件の後は壁紙も貼り替えたしベッドも換えた。それでも記憶は消せなかった。人の噂も同じだ。いつまでも、必ず誰かがここで起きたことを覚えている。ネットの書き込みそっくりに、消せない染みがいつまでも残ってしまう。

今夜、宮川がいつもより丁寧に妻を抱く姿を想像した。両目からひとつぶずつ涙がこぼれた。

ベッドの横に貼られた壁紙の、素人仕事の跡をなぞる。空気を出し切れずに浮いてしまい、端がよれている。雅代は浮いた壁紙を指先でつまみ、引き下ろした。安っぽく薄い紙が破れて、乾いた糊がぽろぽろと落ちた。

窓の上の壁を見上げると、天井に近いところにいつ入りこんだのか一匹の蛾がとまっていた。五センチほどの幅で左右対称に広げた翅《はね》の先が、フリンジのように分かれている。グレーとも白ともつかない、不思議な色をしていた。

雅代はシャッター側の窓を開けた。蛾は一向に動く様子がない。仕方ないのでティッシュを一枚つまみ、台座に載せた冷蔵庫に上がった。ティッシュの先で蛾をつついてみる。窓の方へと誘いながら、ようやく外へとだした。もう羽ばたく力が残っていないのか、ふわふわと秋風に乗りながら少しずつ落下してゆく。地面に辿り着くところを見とどけずに窓を閉めた。

大切に思えるものは、明日の自分しかなくなった。事務室へ戻り、リュックとボストンバッグふたつを軽四輪の後部座席に放り込む。電気のブレーカーを落としたあとは、出入口に鍵を掛ければいいだけだ。

残念なことにボイラー室の鍵だけはどこを探しても見つからなかった。仕方ないので内側のドアに木切れをあててノブと梁《はり》をぐるぐると針金で留めた。外から力ずくで引かれたらドアごと外れてしまいそうだが、ほかにうまい方法が見つからなかった。真面目な宮川なら、こんなときどうしたろう。考えると寂しくて幸福な笑いがこみ上げてくる。

鍵を税理士のところに届けて、それですべて終わりだった。

真っ青な空の下、湿原を見下ろす高台から国道へ、雅代はアクセルを踏んだ。踏切のそばに、三十年間変わらぬ看板が立っている。古い鉄板は近くで見るとカラスに突《つつ》かれて穴だらけだ。

『ホテルローヤル』

雅代が生まれる前に父がデザインしたと聞いた。端に巻きが入った赤い文字が、バックミラーの中でちいさくなり、やがて消えた。

目の前には、青く広い空とアスファルトが続いている。

バブルバス

午前十時半を過ぎても住職は現れなかった。

「いくらお盆だからって、お経も順番待ちかよ」

苛立った夫の言葉を、恵《めぐみ》は空を見てかわした。十時の約束だが、一週間前に予約を取ったはずの僧侶はいっこうに現れる気配がない。黒いワンピースの中は、直射日光のせいで汗が流れている。墓掃除を終えた真一《しんいち》のポロシャツにも汗染みができていた。

三つ向こうの墓では六十前後の女が、子供たちに雑草抜きをさせながら日傘をさしている。恵は優雅に日傘をさす女の腕の白さをぼんやりと眺めた。

自分の肩から下を見た。三分袖の肩口から、すっかり太くなった二の腕が伸びている。いつもわたわたと子育てや姑《しゅうとめ》の世話をしてきた。片手が日傘を持つためにあいていた記憶などなかった。

「なぁ、お寺に電話してみろよ」

ぐるりと墓地を見渡すが、それらしき僧侶の姿はどこにも見えない。恵は久し振りに持った黒いトートバッグに、汗でぬめった数珠《じゅず》を放り込み、携帯電話を取りだした。長男の太一《たいち》からメールが入っていた。塾の送り迎えに必要だというので与えた携帯も、もっぱら友人との通信に使われている。

――今起きた。飯、なに食えばいいの？

夏休みのほとんどを塾の夏期講習が埋めていた。高校受験をひかえた夏であれば仕方ない。今日は少ない休みの日だった。結局、予約の時間までに墓参りをする用意が整っていたのは夫の真一と恵のふたりだけだった。昨年末から同居を始めた舅《しゅうと》は、妻の墓参りを一度もしたことがない。納骨にあわせて墓を購入したのは息子の真一だ。それもローンを組んでの購入となり、本間《ほんま》家の生活はいっそう苦しくなった。

もともとが個人で家電を販売していた真一だったが、大手家電量販店の進出を機にいち早く経営をあきらめ、フロア主任として雇われることになった。四十から勤め始めて今年で十年経つが、年収は手取り四百万の横ばいが続いている。それでも自分で店を構えるよりはずっと収入があった。目下の気がかりは、子供の成長につれてかかる金も額が大きくなってきたということだった。

姑を看取って一年が経とうとしていた。パートにでたいと思うものの、学校へ行ったり行かなかったりを繰り返している小六の娘が気がかりで、外で働くことをためらっていた。

「すみません、本間です。十時に里山墓地での予約を入れていたんですが」

電話にでたのは住職の妻だった。五十代の住職が迎えた嫁は、二十歳年下の元看護助手という噂だ。

「いつご予約されましたか」

「先週の月曜日ですけど。一週間前です。住職と直接お話したんですけど」

大黒は「あぁ」と残念そうな声を引き延ばしたあと、申しわけございませんと続けた。

「住職が予約ノートを確かめないでカレンダーに書き込んでしまったようです。当日はノートを見て出掛けるものだから、今は紫雲台墓地に行ってるんです。すみません、どうしましょう」

海側の墓地からここまでくるには、急いでも三十分はかかるだろう。予約ノートに書き込まれた檀家を回ってからとなれば、午後になってしまう。恵はできるだけ声の調子を変えずに言った。

「じゃあ、今回はいいです。秋のお彼岸のときにまたお願いします」

彼岸には予約を取らないことに決めた。舅さえ面倒がるような墓参りだ。

「死んだものに手を合わせたって、生き返るわけじゃなし」というのが舅の言い分だった。一周忌も金がかかるという理由でやめにするのだから、これが似合いの新盆《にいぼん》だろう。恵は携帯をバッグに放りこみ、用意してあったのし袋を見た。中には五千円入っている。お布施、というボールペンの文字が中身同様安っぽい。恵は、財布から出る予定だった金が浮いたことを素直に喜んでいた。何にせよ金がかからないというのは、それだけで喜びごとになる。信心も、心と財布に余裕のある人間がやることだ。年に一度、せめて墓参りとお経だけでもという至極《しごく》まっとうな夫の意見も無駄になった。

「お坊さん今、海のほうのお墓にいるんだって」

墓の階段に腰掛けていた真一が眩《まぶ》しそうに目を細めて「はぁ」と語尾を上げた。不機嫌な顔に向かって、仕方ないよと言ってみる。恵は夫の、頬のあたりからこめかみにかけて増えてきた白髪を見た。真一は今年で五十になった。今どき珍しい七三分けのひょろりとした体型で、いかにも昔堅気《むかしかたぎ》の町の電器屋という風貌だ。おおかたの家電を修理できるが、その腕はもうほとんど誰からも必要とされない。壊れたものを直すより、新しいものを買ったほうが安い時代だ。地デジに切り替わったときに買い換えようと思っていたブラウン管テレビも、結局真一が器具を取り付けて終わった。息子に文句を言われても意に介さぬようだった。

「お父さんって、他人にはどんどん大型プラズマテレビ勧めるくせに、うちの家電は全部古いまんまじゃん。二十五型のブラウン管テレビなんか、今どきどこの家に行ったってないよ」

真一は「V社のフラット画面は世界最高品質なんだ。壊れるまで使う」と言い切る。頑固といえば少しは聞こえがいいが、いちばんの理由は経済的なことだろう。テレビのために息子の塾代を切りつめるわけにはいかない。進学校へ行くかどうか、という選択ではない。高校と名の付く学校へ行けるか行けないかという瀬戸際《せとぎわ》の学力では、どこまで本人がやる気をだしてくれるかが問題なのだった。

「テレビを見てる場合じゃないでしょう。しっかり勉強してよ」

気のない返事しか返ってこなくても、塾代はしっかり通帳から引き落とされてゆく。恵は墓洗いに使ったバケツを持った。

「お父さん、帰ろう。お坊さんがこないんじゃ、ここにいても仕方ないよ」

「まったく、大した坊主だな。死んだ婆さんもこんなんじゃ、浮かばれないよなあ」

「浮かぶかどうかは知らないけど、まあ、こういうめぐり合わせなんだよ。帰ろ帰ろ」

案の定、車の中はサウナのようになっていた。吹きだしてくる汗をティッシュでぬぐい、手動エアコンを目盛りいっぱいひねった。全開にした送風もいつ冷風に切り替わるのかわからなかった。

墓地の駐車場をでて一分ほど走ると、砂利道の坂がある。坂を上りきるとラブホテルの看板が見えた。安っぽい白壁を取り囲むように、茶色いナマコ鉄板の塀が張りめぐらされている。鉄板を上手くカーブさせているのか、門もすぐに中が見える造りではないようだ。真一はホテルの前を通過してもまったくスピードをゆるめる気配はない。何の興味もなさそうな横顔で『ホテルローヤル』と書かれた看板の前を通り過ぎた。

恵は午後の予定を思い浮かべた。このまま家へ帰って昼食を作り、舅や子供たちに食べさせる。暑いし今日もそうめんか冷や麦だろう。贅沢をしたところで長ネギをたっぷり刻んで蕎麦《そば》を茹《ゆ》でるくらいだ。賃貸アパートは、子供たちの部屋を充分に取ることができず、六畳の和室をカーテンで仕切っている。舅が昨年末に突然同居したいと言いだし、四畳半を一室ひとり占めしたため、真一と恵の寝室がなくなった。

「年金がもったいない」というのが舅が強く同居を希望する理由だった。子供たちの二段ベッドの下にダブルの布団を敷いて寝ているが、そんな環境では手を握り合うこともままならない。

膝にのせたバッグを開けた。お布施に用意したのし袋が入っている。

「お父さん、ちょっと待って」

真一が急ブレーキをかけた。車がずるずると砂利の上を滑った。

「どうした、いきなり。何か忘れたのか」

「違う」

「あんまり焦らせるな、事故でも起こしたらどうするつもりだ」

恵はお布施の袋をバッグから取りだし、顔の高さに上げた。

「あそこ、入ろう」

真一の視線が恵の指差すほうへと流れた。ホテル、のし袋、ホテル、のし袋。真一の眼差しが幾度かこのふたつを往復し、ようやく恵の顔で止まった。

「冗談はやめてくれよ」

「わたし本気。こういうところ、いっぺん入ってみたかったんだ。どうせお坊さんに渡すはずだったお金だもん。ダブルブッキングでこれないんだから、バチが当たるのは向こうに決まってる」

ここで引き下がったら却《かえ》ってみっともない。汗を流したい、というありがちな理由を口にしようかすまいか迷いながら、汗で流れているだろう化粧もかまわず、にっこりと夫に微笑んだ。

「ね、行こう」

この五千円があれば、五日ぶんの食費になる。息子と娘に新しい服の一枚も買ってあげられる。舅に内緒で近所の中華飯店へ行って、家族四人で一人千二百円のセットメニューを頼める。一か月ぶんの電気代。あれもこれも。引き替えにできるすべてのことを思い浮かべていた。

恵はつよく両目を見開いた。引き下がれない。照れてもいけない。毅然《きぜん》と誘う。今思いつくかぎりのパンチある言葉を探す。

「いっぺん、思いっきり声を出せるところでやりたいの」

真一が鼻を膨らませ、大きく息を吸い込んだ。エアコンの風がようやく冷風になった。

――二時間四千円

――延長は三十分につき八百円
車庫の壁に大きく料金が書かれてあった。シャッターが下降するころ、エンジンが切られた。入口と書かれたドアを開けるといきなり階段だ。冗談はやめろと言ったことなど忘れたように、真一が靴を脱いだ。夫のかかとを追いかけ、恵も階段を上った。

入口にある室内灯のスイッチを押した。目の覚めるような真っ青な絨毯と白い壁、一段高いところにダブルベッドがある。壁掛けの電話が鳴りだし、恵が飛び上がった。真一が受話器をフックから外す。

はい――、ああ、はい。いいえ。

「ね、何だって」

受話器を戻した夫におそるおそる訊ねた。

「休憩かどうかだって。お盆はそのまま泊まる客もいるそうだ。こういうところでもいろいろ段取りってのがあるんだろう」

ため息をついた夫の視線がつま先に落ちた。いざラブホテルに入ったはいいが、そのあとが続かない。恵は誘ったときの心持ちを思いだし、努めて明るく言った。

「お風呂お風呂。お風呂に入らなくちゃ」

テレビの前にあったラブソファーにバッグを放る。

広さが四畳半ほどもある浴室は、かびの染みひとつなくからりと乾いていた。部屋には壁紙と同じ柄の内窓があり、外は真昼でも室内はみごとに夜の気配だった。

浴室の半分を金色の湯船が占めていた。照明は湯船に円を描くスポットライトだ。湯あかの染みが取れないアパートの風呂場とは大違いだった。給湯の蛇口《じゃぐち》をひねってお湯の温度を確かめる。家庭風呂では考えられない量の湯が勢いよく浴槽の底を叩いた。

磨き込まれた等身大の鏡の前に、シャンプーやボディソープが並んでいた。その横のソープトレイにピンク色の小袋が置いてある。固形の入浴剤らしい。湯船にはすでに十センチほど湯が溜まっていた。恵は「ローズの香りのバブルバス」と書かれたパッケージを開け、ラグビーボールそっくりなかたちをしたピンクのかたまりを湯に放った。

蛇口から勢いよく飛び出す湯の落下点から徐々に、大きくちいさく、泡が湯船を満たし始めた。眺めていると溢《あふ》れそうになり、慌てて蛇口を閉めた。

むっとする蒸気が、こめかみの汗と混じり頬に流れてくる。手の甲でそれを拭いながら回れ右をすると、バスルームの入口に真一が立っていた。

「そんな匂いつけて帰ったら、あいつらに気づかれないかな」

かつて夫にそんなことを心配する場面があったとは思いたくない。気づかれないかな、というつぶやきひとつで不思議なほど体温が上がってくる。月一万円の小遣いを、夫がどう使っているのかまで詮索する暇も余裕もなかった。正直、たった一万円の小遣いしかない男に、誰がなびくだろうと高をくくっていた。

「わたしは、気づかなかったよ」

真一は妻の言葉の意味を理解できないようだ。うん、とうなずいてバスルームをでて行く。夫の背中を目で追いながら、恵は横にある鏡を見た。体型のくずれは歴然としていた。位置の下がった胸、尻と変わらぬくらいふくらんだ下腹、緊張感のない足首も太い二の腕も、「声を出せるところで——」などと言った唇を嗤《わら》っているように見えた。ローズの香りで頭痛がしそうだ。

急いでワンピースを脱いだ。脱衣かごには糊がききすぎて開けばばりばりと音がしそうな綿のガウンが入っている。膝丈のガウンは男女の別がないらしかった。ブラジャーも下着も、汗で湿っている。脱いだものをワンピースに包み、ベッドルームに声をかけた。

「ねぇ、先にお風呂に入ってるよ」

「あぁ」真一が素っ気なく返す。

「すごい泡。こんなお風呂、新婚旅行の沖縄以来だ。気持ちいい。おいでよ」

ためらいつつ「しんちゃん」と呼んだ。気恥ずかしさから思わず、体を泡に沈めた。お湯より泡のほうが多い。両手で泡を押してみる。水面をぐるりと旋回して、泡がふたたび恵の胸元に戻ってくる。思いだすのは結婚式場が用意した、挙式・披露宴・新婚旅行パックだった。南国の景色を眺めながらのバブルバスにふたりで沈んだ。観光なんかそっちのけで、三泊四日昼も夜も、ずっと体をなめ合ってすごした。顔は並み以下でも、あのころは誰に見せたって恥ずかしくない体を持っていた。真一も、自分も。

二十年も前の景色を昨日のように思いだせるのは、死んだ姑だけだと思っていた。泡の中に体を沈めていると、お金がなくても幸せだと錯覚できたあのころの自分が、ひどく哀れに思えてきた。

「おまえ、なに泣いてんだよ」

真一が半分とがめるような口調で言いながら、浴槽に体を沈めた。泡が邪魔だと文句を言ったそばから、真一の手が恵の体を引き寄せた。背中から夫の体に包まれる。尾てい骨の少し上あたりに欲望が触れている。

「泣くほどのことかよ」

「泣いてない」

「うん」

すべて泡の下のできごとだった。指先がなぞる場所のひとつひとつに電流が走る。恵の体の奥で存在を大きくする真一の、吐息が首筋にかかる。

目の前には泡――。泡しかなかった。

声がひとつ、ふたつ、漏れた。泡が波打ち、揺れる。泡の下で繋がっている体も、快楽を手放すまいと揺れ続けた。恵の体を離し、真一がベッドへ行くよう促した。

恵はふらつきながらバスタオルを体に巻き付け、泡のついた髪の先もかまわずベッドに突っ伏した。ひとあし遅れて真一もベッドに上がる。恵の脚を大きく開くと、再び体を繋げた。

つよい波が打ち寄せるたびに、声をあげた。欲望も声と同じく成長してゆく。今まで一度だってこんな大声を出したことなどなかった。恵は自分の声を助けにひたすら欲望を太らせる。向かってくる真一の体の奥へ奥へと突き進んでゆく。

外に聞こえてしまうかもしれない——。

芯が熱く熟れて、いっとき浮かんだ考えも吹き飛ばしてしまった。もう、誰に見られても声を聞かれても、止まらない。欲望の綱引きは、喉が渇き声もかすれたころ、唐突に終わった。

そのまま眠ってしまった真一の体に薄い布団を掛け、恵は再びバスルームへ入った。繋がりあっていた部分が、熟れすぎた果実みたいに頼りない。湯の表面に溢れていたはずの泡はほとんどがはじけてしまい、湯船の内側にふちを作る程度しか残っていなかった。からだを沈める。関節がぎしぎしときしんでいた。

髪を洗って軽く乾かしたあと、携帯電話で時間を確かめる。まだ入室して一時間しか経っていなかった。残りの一時間をどうしようかとベッドを振り返る。真一は軽い鼾をかいて眠っていた。

ベッドの端に腰掛けて、夫の寝顔を見ていた。今日は八月の、たった一日の休日だった。

まとまった休みは九月以降と言われているが、それもあるかどうかわからない。フロア主任というのも実に都合のいい肩書きで、メーカーの出向社員が休みを取れば、真一がその穴埋めをしなくてはいけない。ひととおりの家電知識がある夫を、会社は都合よく使っているのだが、文句を言える環境にはなかった。今の賃貸アパートも、会社が家賃を半分持ってくれている。狭さを理由に引っ越せば、半分以上が持ちだしになる。助成にも二万円という限度があるのだった。

電器屋時代の借金を支払うために売った土地と家は更地へと変わり、今は月極駐車場になっている。帰る場所もなく、死なない程度に首を絞められながらの生活になるとは、イマダ電機に就職が決まった十年前は考えもしなかった。

「これで明日から売掛金の未回収や、増え続ける借金が一度にすべてなくなる」という喜びで、家を失う寂しさは微塵《みじん》も浮かんでこなかった。

甘かった――。

恵はイマダ電機の半被《はっぴ》を着て拡声器片手に呼び込みをする真一の姿を思いだした。朝から晩まで働きづめで、くたくたになって帰宅しても、満足な寝床もない生活が続いている。

近所では愛想がいいと評判の舅も、嫁の前では気むずかしく面倒な年寄りだった。ひとこと愚痴を言いたい日も、ふすま一枚向こうで聞き耳を立てていると思えば、どんな文句も飲み込まなくてはならない。もう、いつ夫と肌を重ねたのか、すっかり忘れてしまっていた。舅がやってくる前は娘の不登校で家の中が始終ぴりぴりしていた。その前は姑の介護。

それから――。

ベッドから立ち上がり、窓にある内側の戸を少しずらしてみた。たった今まで夜の気配を漂わせていた部屋に、ひとすじ夏の太陽が差し込んできた。陽光が壁紙の継ぎ目を照らした。足下近くで小さくめくれ上がった壁紙の端は埃で汚れている。あと四十分。

陽光が真一のところに届かぬよう、もう五センチほど戸をずらしてみる。ホテルは湿原を見下ろす場所に建っていた。向こう側は崖のようだ。その下は釧網《せんもう》本線と並行する国道だろうか。窓から見えるのは繁る緑の葦原と、黒々と蛇行する川だった。眩しい夏の景色が広がっている。

サイコロ型の冷蔵庫の上に店屋物のメニューが置かれていたが、待っているうちに延長料金が加算されると思うと馬鹿馬鹿しい。今は少しでも真一を眠らせてあげたかった。両手両脚を伸ばし、裸で眠ることがどれだけ自分たちにとって贅沢なことか。うら寂しい思いが恵の心を占めている。

夏の風にそよぐ若い葦の穂先やヤチハンノキのぽこぽことしたかたまりを見た。さっきまで自分の体の奥にあった欲望は、あとかたもなく消えていた。内奥に溜まっていた澱も消えている。まるで湯船の泡みたいだ。

真一が目を覚ました。

「なんだ、俺寝ちゃったのか」

「うん。すごく気持ち良さそうに寝てた」

「こんなところで真っ昼間から熟睡するなんて、金がもったいないな」

「熟睡してたんだ」

「今どこにいるのか何時間眠ってたのか、さっぱりわからないよ」

真一の大きなため息が部屋いっぱいに広がった。恵は夫が熟睡したというのが可笑しくて笑った。

「お前、もう風呂に入ったのか」

「うん。泡はなくなっちゃってたけど。汗、流しておいでよ」

起きあがった真一も、少しふらつきながらバスルームに消えた。シャワーの音が響いてくる。明るい場所で夫の裸を見るのも悪くなかった。ふたりとも等しく年を重ねていることがわかる。それはそれで、幸福なことに違いなかった。

急激に舅の食欲がなくなり、恵がどうもこれはおかしいと気づいたのは、秋風が吹き始めた九月の半ばのことだった。

「お爺ちゃん、どこか悪いのと違うかな。何か気になることとか、痛いところあったら教えてちょうだい」

舅は嫁に弱みを握られるのがことのほか嫌いらしく、そのひとことだけで三日間口もきいてくれなかった。舅に何か隠しごとがあるのだと感づいてはいても、それを真一に伝える時間がなかった。

夏の売り上げが道東エリア最低ということで、急に本社から視察がくることになった。真一は昼も夜もその準備に時間を取られ、肝心の売り場にさえ立てなくなっているという。

「大きな人事異動があるかもしれない」

その場合どうなるのかと問うと、上部責任者だけが九州や沖縄といった遠い土地への転勤があるという。進退伺いも含めた、左遷人事だった。

「わたしたちも一緒に行かなきゃいけないの」

何気なく言ったひとことに、真一の目がつり上がった。

「そんなこと、俺に訊くな。辞めれば明日から無職だし、行けば行ったで勝手のわからない土地でまた同じことを繰り返すんだ」

この上、舅の体調が気になるから病院へ行くよう説得してくれとは言いだせなかった。真一は毎日深夜になってから疲れた顔をして帰ってくる。夏休みが終わっても学校へ行こうとしない娘のことも、学力テストの判定により市内には息子の行ける高校が二校しかないとわかったことも、そのうち一校はＪＲ通学で学費より交通費の下敷きになりそうなことも、みんな恵の肩や腕に重くぶら下がっている。

ある朝、舅がしばらくトイレからでてこなかった。

「爺ちゃん、いい加減にしてくれよ」

苛立った息子がドアを何度か叩いた。中からはなんの反応もない。恵は内側から鍵の掛かったトイレのドアノブを、思い切り蝶番《ちょうつがい》の方向へずらし、力を込めて引っ張った。便座に座るたびに「このドア、鍵なんかあってもなくても同じじゃないの」と思っていたことが妙なところで役に立った。

便座を抱くようにして、寝間着のズボンから尻を半分出したまま舅が倒れていた。騒ぎを聞きつけ、まず最初に悲鳴をあげたのは娘で、息子は喉の奥から声にならぬ音を漏らした。恵は急いで舅のズボンを引き上げた。

「救急車、早く救急車呼んで」

素早く電話に走ったのは娘だった。恵はそっと舅の首筋に触れた。脈はあるようだ。救急車を待つあいだ、息子の手を借りて舅を毛布の上に寝かせた。玄関の扉の向こうから、登校する近所の子供たちの声が聞こえる。

ぽっかりと開いた口から、腐った魚のような臭いが漂っている。姑が死ぬ前に吐いていた息とそっくりだった。

恵は携帯電話で真一を呼んだ。自分でも驚くほど冷静だ。

「もう少しで救急車がきます。どこに運ばれるかわかりしだい連絡するから。携帯は離さないで持っててください」

どうなんだ、と真一が訊ねた。恵は白目をむいて臭い息を放っている舅を見て言った。

「発見は、遅くなかったと思う」

近所の年寄りが病院に運ばれたときに聞いた状態とよく似ていた。脳の血管が詰まるか破れたか、そういう症状に違いなかった。発見されてから病院で手当てを受けるまでの時間が勝負だ、と誰かが言っていた。様子を見ていた息子が遠巻きに「お母さん、すっげぇ冷静」と呟いた。

倒れてから三日目の夜中、結局目覚めることのないまま舅は逝った。

慌ただしい葬儀を終えて、舅が使っていた四畳半の整理を始めたのが十月に入ってからだった。死亡届や各種手続きというのは、悲しんでいる暇がないほど生きている者の手を煩わせる。真一もまた、忌引《きびき》の七日間が終わる前に職場に向かった。七日間まるまる使うと、いざ仕事にでたときに周りの目が冷たいという。

「そういうもんなの」

「そういうもんなんだ」

四畳半の押し入れの奥に、姑のときに集まった香典の袋があった。輪ゴムで束ねられている。中身はすべて抜かれていた。ひと袋でも抜き忘れていないかと確かめてみたが無駄だった。つまらないことをしているという自覚はあるが、年寄りのへそくりがどんな状況で保管されているのか興味があった。

舅の荷物は馬鹿馬鹿しくなるほど価値のないものばかりだ。若いころに買ったらしい馬券や爪切りセットが、姑の裁縫道具と一緒に菓子缶に入っていた。袖を通していない安売りのパジャマ——これは真一に着せよう。毛玉だらけの衣服も汗染みのひどいシャツも下着も、そのままゴミ袋へ入れた。

ゴミ袋の数はそのまま、夫の両親にまつわる煩わしさのすべてだった。香典袋も新聞に包んでゴミと一緒に捨てる。改めて遺品の整理をしてみてわかったことだが、舅は見事に文無しの年寄りだった。上着のポケットから何枚ものCR機のカードがでてきた。散歩の先はパチンコ屋だったようだ。

舅が息を引き取った静かな夜、真一が見せた涙に嘘はないし、その姿を見て自分も泣いた。ただ、それもこうして荷物の整理を始めるころにはすべてが遠いできごとになっていた。結局恵は、舅を家に迎えてからただの一度も彼に衣類はおろか下着さえ買い与えたことがないのだった。そんな自分を冷たいと、今は思えずにいる。下着を洗って干すだけで、毎食の献立に舅のものを一品増やすだけで、狭いアパートの一室を与えただけで、嫁としての役目は充分果たせたような気がするのだ。

遺された荷物のおおかたをゴミにしてしまうと、四畳半は再び真一と恵の寝室になった。

忙しさを理由に日々の声かけも怠っていた娘が、舅の葬儀のあと登校するようになったのが唯一の収穫に思えた。相変わらず金はでて行く一方で、ひとときも我が家に留まる気配を見せなかったが、それでもまず葬儀のどたばたで真一の左遷が見送られたと聞いてほっとしていた。

あと数日で今年も終わる、という日の夜中だった。日付も変わりそうなころ、真一が居酒屋のにおいを漂わせながら布団に入ってきた。今日は職場の忘年会だった。風呂の残り湯はもう水になっているだろう。シャワーでは風邪をひいてしまう。恵は炭焼きや煙草、酒が混じり合ったにおいに耐えながら、夫の足を自分のふくらはぎで温めた。

四角い天井からぶら下がる蛍光灯の、オレンジ色の豆電球がやけに眩しい。

「ねぇ、お父さん」

真一が面倒くさそうに「なんだ」と返す。

「今日さ、信号の向こうのセイコーマートでパート募集してるの、見つけたんだ」

「だから何だって」

「働いてみようかなって思って」

恵は思いつくかぎり、前向きな言葉を並べた。月に五万円くらいにはなりそうだということ、夜中であればもう少し時給が高いこと、平均して五万円の収入があれば、ちょっとは食費にまわせること。

「働きにでたって、毎日弁当買って食ったら同じじゃないのか」

「そうかもしれないね」

でもさ、と恵は続けた。

「五千円でも自由になったら、わたしまたお父さんをホテルに誘う」

あの泡のような二時間が、ここ数年でいちばんの思い出になっていた。

「いい？」

真一はもう寝息をたてていた。恵はそっと、夫の冷たい手を握った。

せんせぇ

『北の大地の始発駅』

野島広之《のじまひろゆき》は駅舎に掲げられた看板を見上げた。

暦の上では春だが、風はまだ冷たい。札幌生まれの自分にとって果てを意識せざるを得ない場所が「始発駅」を謳っている。木古内《きこない》は津軽海峡線が道内で最初に停まる駅だった。

明日から春分の日を含む三連休が始まる。野島がこの町の高校に数学教師として単身赴任して一年が経とうとしていた。卒業式を終え、週明けには三学期も終了する。札幌の自宅へは春休みに入ってからゆっくり帰ればよかった。妻の里沙《りさ》には、この連休に札幌に戻ることを伝えていない。

駅舎に入ってもまだ、帰ろうかどうしようか迷っていた。彼女のなかに、夫が不意に家に戻って喜ぶ要素が果たしてあるだろうか。

確かめたい、というのとは違う。おそらく、自分の内側に潜む自虐的な思いに決定打を打ちたいだけなのだろう。そう思えばだいたいの行動にうまい理由がつけられた。

彼女が高校時代の担任と二十年にわたり関係を続けていることがわかったのが一年前。野島の転勤が決まったころだった。彼女を紹介してくれたのも、快く仲人を引き受けてくれたのも、当時の勤務校の校長——今となっては間男——だった。

「許して、お願いだから」

もう別れるから、と里沙は言った。泣いていた。時間が経てば経つほど、空涙に思えてくる。十八から続いていた関係を、たかだか五年夫婦をやっていた男に知られたくらいで終えられるものだろうか。相手が野島の尊敬していた人間でなければ、ここまで虚脱感に満ちた一年を送らずに済んだかもしれない。

野島広之が何をもってしても太刀打ちできそうもない相手だった。ぜひ紹介したい女性がいると言われたとき、彼が太鼓判を押すくらいの教え子ならばと思った。

「野島君にぴったりだと、わたしは思うんだよ。家柄も人柄も問題ない。向こうも乗り気だし、とにかく一度会ってやってくれないか」

校長の推薦する見合い相手にひと目惚れした。自信を持ってお勧めできるのはあたりまえだろう。なにもかも彼女のことを知ってたんだし。

知った瞬間、悔しいというところをぽーんと飛び越えた思いは、着地点を見つけられないまま浮遊している。一年間、妻の間男に嫉妬もできない情けなさが続いていた。

それでもふたり一緒に、夏は道南の大沼で過ごし、冬休みは富良野にスキー旅行をした。里沙の好きなオーベルジュでの贅沢と、ゆったりとした三日間。結局どちらの旅でも彼と終わったのかどうかを訊ねることができなかった。

里沙はさぞ情けない男だと思っただろう。そのとおりだと伝えたい。

「せんせぇ」

背後からべたべたした声がする。先生はどこにでもいる、自分じゃない。無視を決め込み窓口で行き先を告げた。

「札幌往復、お願いします」

言ってから、自分はまたここに戻ってくるつもりなのだと安堵した。背後の声が近づいてくる。ずっと「せんせぇ」と繰り返している。間違いない、この声は佐倉《さくら》まりあ。野島が担任をしている二年A組の女子生徒だ。

「野島せんせぇ、無視することないじゃない。聞こえてるのわかってんだから」

往復の乗車券代を支払い、振り向いた。首にはマフラーを巻き上半身はがっちり防寒しているのに、短いスカートの下は素足にムートンブーツ。相変わらず馬鹿な服装だ。

「そんなに嫌そうな顔することないじゃん。札幌に帰んの？　まめだねぇ」

野島の横をすり抜け、佐倉まりあが窓口に「函館まで」と告げた。

十七時十三分発スーパー白鳥二五号に乗り込み窓側の席に腰を下ろす。窓の外は真っ暗だ。通路側の席に置いた手提げ鞄が浮いた。慌てて見上げる。まりあが野島の鞄を網棚にのせ、隣に座った。

「席ならほかにもあるだろう」

見回すが、窓側の席はすべて埋まっており通路側が数席あるだけだった。別に自分の横じゃなくてもいいだろうと言うと、まりあは声を落として言った。

「あたし女子高生だしさぁ。いろいろ物騒なんだよねぇ」

「それはお前の台詞《せりふ》じゃないだろう」

「どういう意味？」

「お前が隣に座ったほうがずっと物騒だ」

まりあは「ほほう」とわけのわからない感心をしている。年度末テストの成績は三十八人中三十五番。過去最高をマークしたと喜んでいたあほう。相変わらず回転の悪い頭だ。席を替えるつもりはないようだった。短いスカートから伸びた太ももは血流が止まったみたいに白い。膝は黒ずんでいるうえ、粉まで吹いている。

「せんせぇ」

このべたべたとしたしゃべり方を聞いていると、頭痛がしてくる。担任の教科だというのに学年最低点を取ったときは怒る気も失せた。希望していた進路はたしか札幌の美容学校だった。野島のクラスには同じ進路希望の女子生徒が五人おり、女子全体の四分の一だった。指導室からは、無事進学しても脱落者が多い世界だと聞いている。二年と三年は持ち上がりなので、佐倉まりあとはもう一年つき合わねばならない。野島はまりあの問いにため息で返した。

「ひっどぉい。聞いてほしい話があるのに」

「列車の中で『せんせぇ』って言うのやめろ」

　まりあは素足の太ももをさすりながら「まいっちゃった」と言った。まいっているのはこっちのほうだ。野島は仕方なく窓から視線を外し、右手を使って少し声を潜めるよう合図した。

「あたし今日からホームレス女子高生」

　佐倉まりあの両親は、駅前で「チェリー」という喫茶店を経営していた。列車待ちで一度立ち寄ったことがある。生徒の調査票をしっかり把握していれば、入ることはなかっただろう。

「チェリー」のブレンドコーヒーは軽く、野島の好みではなかった。ちいさな町で軽食喫茶を続けていられるのは、堅実な商売をしているということだろう。一定数の固定客に守られているのがわかる店構え。はっきり言ってしまえばいちげんの客は入りづらい店だった。

「馬鹿なんだよ。函館で居酒屋をやってた弟がさ、あ、これは父親の弟ね。その弟が、店舗拡張だかで五百万の借金したんだって。だけど、ホッケひと皿五百円でだしてるような個人経営の居酒屋でさぁ、五百万かけて店直して、回収するのにどんだけかかると思う？数学２以上取ったことないあたしでもわかるよ、そんなの。男のくせにみちるなんていう名前なんだよ。まったく馬鹿な弟なわけ。せこい損得勘定しかできないくせに、でっかい話ばっかりしてんの。ああいうのを山師って言うんだって、うちのお母さんもずっと嫌ってたんだよね。っつうか、嫌ってるように見せかけてたんだよねぇ」

あっちへふらふらこっちへふらふら、まりあの話は飽きるほどの寄り道をしながらだらだらと続いた。話が結論にさしかかったのは、十七時五十分。あと数分で函館に着こうかというところだった。

「うちのお父さん、あいつの代わりに借金払わないといけなくなったんだって。お母さん昨日いきなり荷物まとめてでて行っちゃった。誰と一緒だと思う？　借金大魔王のみちるなんだよ。やってくれるよねぇ。弟の借金は押しつけられるわ、女房取られるわで、お父さんおっかしくなっちゃった。まぁとりあえずと思ってあたしも登校したわけ。真っ暗な顔した父親と一日一緒にいるなんてまっぴら。で、今日、学校から帰ったらさぁ、店にも家にも鍵かかってんの。裏口の玄関、鍵穴が甘いから戸を持ち上げて家に入ったら、なんと父親もでて行っちゃってた。家の中、空き巣に入られたみたいになってたよ。通帳も現金も、なんにもないの。笑えると思わない？」

乗客が棚から荷物を下ろし始めた。まりあはざわついた車両の気配など視界にも入っていない様子だ。野島も座席から腰を浮かし、体をひねってなんとか棚の鞄を下ろした。

「せんせぇ、聞いてる？　あたしの話、ちゃんと聞いてくれてる？」

「その呼び方、やめろって言ったろう」

列車が函館駅のホームに滑り込んだ。ホームを挟んで停車している北斗一九号に移らねばならない。発車まで三十分あった。

あっけらかんと現状を語るまりあの言葉は、その話が本当なのかどうか疑いたくなるほど明るい。女子生徒からの深刻なうち明け話は四割引いて聞くようにしていたが、佐倉まりあの話はどこが四割の境目なのか、正直わからなかった。

「連休が終わったら、親に話を聞きに行く。だから今日はちゃんと家に戻れ」

「戻ったって、誰もいないし。言ったとおりすんごいことになってんだってば」

野島は言葉に詰まりながら、それでも手に鞄を提げて座席のまりあを見下ろした。

「せんせぇ、なに怒ってんの」

「怒ってない。そのだらだらした話しかた、やめろ。面接で即刻落とされるぞ」

「だからぁ、あたしもう面接どころじゃないんだってば」

「とにかく、今日中にちゃんと家に帰れ。連休明けに家庭訪問する。それでいいな」

とりあえずそこだけ教師らしい言葉を吐いた。通路に出たあとは押しだされるように列車を降りた。

北斗の指定席も窓側だった。木古内で買った指定席が窓側ということは、隣には誰も座らないかもしれない。ほっとひと息つくと、車窓に佐倉まりあがべったりと張りついていた。飛び上がりそうになりながら見た口元が「せんせぇ」と動く。犬歯の向こうに虫歯が見えた。

里沙が四か月に一度の歯科検診とホワイトニングを欠かさなかったことを思いだした。結婚する半年前、野島が三年も歯科医院に行っていないと知ると、彼女はすぐに予約を取ってすべての虫歯を治療するようにと言った。

「口は健康の入口よ。そんなことじゃ駄目でしょう」

まるで母親のようだと思いながら、その母性に甘えていた。

――ねぇ、いつからつき合ってたの、校長と。

――高校三年から。

淡々と答える里沙の唇は、グロスでつやつやと光っていた。妻と校長の関係を知ってしまった自分のほうが、ずっと悪いことをしたような気分になった。あの罪悪感からまだ脱出できていない。

げんこつでコツコツとまりあが窓ガラスを叩いた。野島は鞄から読みかけの文庫本を取り出した。里沙が嫌いなバイオレンス小説だ。ずっと主人公が出突《でず》っ張りで、面倒なことを考える暇を与えない。探偵を装い訪ねた先で、後頭部を殴られ気を失ったページにしおりが挟まっていた。

車内アナウンスのあと、ゆっくりとホームの景色が流れていった。隣の席には誰も座らないようだ。足もとの鞄を隣席に上げようと思った矢先、客がやってきた。舌打ちしたい気分で窓に映る客を見た。まりあが座っていた。野島は一度目を閉じて、数秒後勢いをつけて開けた。やはり座っているのはまりあだった。

「お前、函館に行くって言ってなかったか」

悪びれもせず「うん」と答える。

「まだせんせぇと話したいことといっぱいあったんで」

語尾に「えへ」をつければなんでも許されると思っているらしい。野島はもう一度「その呼び方はやめろ」と言って文庫本に視線を落とした。

五稜郭を過ぎたあたりで、車掌が乗車券の確認にやってきた。切符を丁寧に返して寄こしたあと、車掌が「こちら様の乗車券は」と野島に向かって微笑んだ。

「佐倉、お前切符は？」

「ない」

「ないならちゃんと買えよ」

「さくら、お金持ってない。お兄ちゃん、お願い」

なんでいきなり、せんせぇからお兄ちゃんになっているのか。「さくら」は名前じゃなく名字だろう。車掌もまりあも、顔に薄気味の悪い微笑みをはりつけたままこちらを見ている。野島は財布から金を出し、まりあの乗車券と指定券を購入した。

「ありがとうございます」

車掌が後ろの席へと移動する。携帯用の券売機から吐き出された乗車券を持って、まりあがにっこりと笑った。

「うちのお店、名字が『さくら』だから『チェリー』だって、知ってた？」

「知らない」

文庫本に視線を戻しながら言うと、その後まりあは十分後に野島が話しかけるまで黙っていた。静かになればなったで、ページをめくるたびに鼻先へおかしなにおいが漂ってくる。野島は辺りを見回しながら声を落として訊ねた。

「佐倉、なんか臭わないか」

「どんなにおい？」

「さっきから、なんか腐ったような、ニラとか納豆とか、そっち系の臭いがする」

まりあは数秒の間を置いて手をたたきながら笑った。

「あぁ、わかったわかった。それって、たぶんこれ」

指差すほうへ視線を落とす。まりあがムートンブーツのつま先を立てた。

「ひと冬、毎日履いてるし。この車両、足もとから暖房はいってるからなぁ。だけど、そんなに臭う？」

「すごく臭う」

「えー、どうしたらいいの」

野島は迷わず「自由席に行ってくれ」と頼んだ。

「その臭いを札幌まで三時間半も嗅がなきゃいけないこっちの身にもなれ。人間からでるような臭いとは思えない。悪いが車両を替えてくれ」

「わかった」

まりあがあっさりと席を立ったことにほっとしたのもつかの間だった。十分ほどで再び席に戻ってきた彼女の足もとは、ムートンブーツから緑色のスリッパに変わっていた。まりあが裸足に履いた冷たそうなスリッパを指差して言った。

「事情を話したら、貸してくれた。JRの車掌さんって親切だね」

「ブーツはどこに置いてきたんだ」

「車掌室。周囲の迷惑になるからって言ったら、ビニール袋に入れて預かってくれたよ」

「なんでこの列車に乗った」

車掌室の様子は考えないことにする。まりあは質問の意味がわかっていないようだった。野島はもう一度「函館に用事があったんじゃないのか」と一音ずつ切るようにして訊ねた。あぁそれ、と笑った口元に、また虫歯が見え隠れしている。

「職場見学したほうが前向きかな、と思って」

「職場見学?」

「ここから先ひとりで生きて行くには、やっぱ夜のお仕事しかないわけでしょう」

まりあは少し言葉をためて「だからススキノ」と言った。

夜の車窓を見た。鏡のように車内を映している。

「あたし、学校やめてススキノでキャバ嬢になろうかと思って」

伸ばしているのではなくただ伸びている爪、清潔感のかけらもなさそうな臭い、結局は右へならえの改造制服。ムートンブーツだけではなく灰色のピーコートからも漂う異臭。教室でも列車の中でも、どうしてここまで女子高生は臭いのか。ススキノで髪の毛を盛り上げて闊歩するキャバ嬢と佐倉まりあがどうしても重ならない。

「卒業はしたほうがいいと思うぞ。キャバ嬢になるにしても」

「せんせぇ、なんか教師らしいんだからしくないんだかわかんないよ、その発言」

「お前の答案用紙よりわかりやすいと思うけどな」

まりあは珍しくため息をひとつ吐いて、「空欄埋めるだけマシじゃん」とつぶやいた。

家庭の事情はどうしてやることもできなかった。心を病んで登校できなくなったまま退学する生徒もいる。金銭問題が原因だとすれば答えは見えている。あと一年、奨学金の申請をしてまで本人が学校に通いたいかどうかが分かれ道だ。

連休明けの面倒を思い、野島はちいさくため息を吐いた。生徒にせよその親にせよ、人と関わるには覚悟が必要だ。

　里沙が担任教師と二十年ものあいだ続くきっかけになったのも、自主退学の相談だったと聞いた。親が医者なら娘も医者にという親への反抗だった、と彼女は言った。

「勉強を一切やめて、学校も辞めざるを得ない状況になればわかってくれると思ったの。ただの甘えだったし馬鹿だった」

「それを強く叱ってくれたのが、彼ってわけか」

「うん。親は喧嘩したり怒鳴ったりするだけで、少しもわたしと話し合おうとはしなかったし」

　担任の勧めで再び勉強に力を入れるようになった里沙は、彼と同じ教職を目指した。そして十五年を経たところで、深く静かな関係の傍らに不自然ではない添え物――のような夫――を置くことに決めたのだ。それも覚悟のひとつと言うのなら、自分という男はいったい何なのか。

「馬鹿だったのは、俺か」

　彼が野島に長年の愛人を譲って身を引くつもりだったとは、どうしても思えなかった。

　自分は出世の欲もない、ちょっとばかり程度のいい高校に赴任になったくらいで喜んでいるような冴えない数学教師だった。そんな男を里沙の横に据えておけば今後のつきあいも安泰と考えたのなら納得できる。

彼女が夫に大きく傾倒してゆく心配など、最初からしなかったろう。妻の浮気が発覚したところで騒ぐような男ではない。校長は野島のそんな小心さを見込んだのである。

札幌まであと十分というころ、足を組み、つま先でスリッパをぷらぷらさせているまりあに言った。

「佐倉、お前にキャバクラは無理だと思う」

「なんで?」

「ああいう仕事で成功するタイプじゃない」

ではどんなタイプなら成功するんだと訊ねてくる。

「ひたむきでしたたかで、人を騙すことに立派な理由をつけられる女」

「加えて美人」という言葉は飲み込んだ。


札幌到着は定刻より三分遅れの十時。野島はすぐに真駒内《まこまない》行きの地下鉄ホームに向かった。金曜の夜はどこへ行っても人だらけだ。地下鉄もすし詰め状態だった。野島はまりあが車掌室にムートンブーツを取りに行っているあいだに列車を降りた。このうえ、キャバクラ見学までつき合わされてはかなわない。

中島公園駅が近づくまでのあいだ、大通駅を過ぎたころから野島の内奥に情けないほどの罪悪感が首をもたげてきた。まったくの不意打ちで戻ってきた夫を、妻はどんな顔で迎えるのか。数時間前に木古内駅で躊躇《ちゅうちょ》していたことを思いだす。喜んで迎えてくれるか、それとも突然戻ってきた理由を訊ねるか。

野島の想像はそのふたつにわかれた。曖昧がない。加えて前者には期待していない。改めて校長と里沙の、二十年という月日に圧倒されていた。野島はこの檻《おり》の中では完全な部外者だった。

中島公園駅から歩いて五分。立地としては申しぶんのない高層マンションの八階に、野島の住まいがある。あったはずだ。雪の消えたアスファルトを重い足取りで進む。マンションごと消えてくれていたら、という想像も虚しかった。建物に近づくにつれ、なぜ今夜戻ってきてしまったのか、後悔と罪悪感が強まるばかりだ。

マンションの入口まであと三十メートル、というところで立ち止まった。ほぼ同時に、黄色いタクシーが車寄せに停まった。煌々《こうこう》とした明かりの下、タクシーから降りてきたのは里沙だった。そのまま入口へ向かうのかと思った矢先、里沙の右手がタクシーの後部座席へと伸びた。お気に入りの、白いダウンコートの裾が乱れた。

妻の右手に引っ張られ、のろのろとタクシーから姿を現したのは校長だった。里沙がタクシー料金を払っている。座席のドアが閉まった。校長はがっしりとした体軀の国語教師だった。山登りが趣味でピアノも弾く。忘年会ではかならず二、三曲披露する。クラシックではなく、日本やヨーロッパのポップスだ。誰がセッティングするのか、二次会は必ずピアノバー。得意とするのは来生たかおで、必ずリクエストがかかるのは「Goodbye Day」だ。弾き語りなどしたものなら、女教師たちの目つきが変わった。

野島はぼんやりとふたりの影を見ていた。こちらは薄暗い植え込みの陰だ。入口からはただの暗闇にしか見えないだろう。この場所で、二点における角度と死角を計算している自分が可笑しかった。

校長は高層マンションを見上げている。里沙の腕が彼の腕に絡まった。数秒後、ふたつの影は車寄せから建物の中へと消えた。

「せんせぇ」

野島は目を閉じた。幻聴だ。幻聴に決まっている。

「せんせぇ」

ふたりが消えたマンションに背を向けると、まりあが立っていた。

「キャバクラはどうしたんだ」

「せんせぇのマンション、あれ?」

「なにしにきた」

まりあは唇を突き出し、そりゃないでしょうとふくれている。こんなところで臭いムートンブーツを履いた女子高生と話したくない。野島はまりあをよけて、来た道を戻り始めた。

「ちょっとせんせぇ、なんで家に帰らないわけ」

「うるさい」

地下鉄の駅を通り過ぎススキノまで歩いた。まりあが後ろをついてくる。彼女に対する苛立ちと煩わしさが、わずかだが校長の腕を取った妻の面影を薄れさせている。

こうやって遠のいてゆくのだ。何もかも、自分には手の届かぬところで変化し淘汰《とうた》してゆく、されてゆく。悪者をつくれば心のおさまりも良いに違いないが、そんなことをして何になる。

人を恨むには膨大なエネルギーが必要と言ったのは誰だったろう。野島のエネルギーは、今夜泊まる場所を確保することに費やされた。ただ、携帯をだしたものの実際にネットに繋いだことがなかった。仕方なくまりあに頼んだ。

「おい、お前の携帯でビジネスホテルの電話番号を調べてくれ」

「へーい」

まりあはストラップだらけの携帯電話を取り出すと、ひょいひょいと札幌のビジネスホテルを画面にだしてみせた。

「ほい、どうぞ」

ススキノ近辺のホテル名がずらりと並んでいた。三軒目でようやく部屋が取れた。

「シングルふたつ、お願いできますか」

「あいにく、シングルはすべて埋まっておりまして。ツインだとすぐにご用意できますが、そちらでは如何《いかが》でしょうか」

三連休前日だった。このホテルを逃したら今夜の宿を確保することができないかもしれない。つと、まりあの顔を見た。

「かまいません。それじゃあツインでお願いします」

「せんせぇ、さんきゅー」

ススキノのはずれにある古いビジネスホテルだった。チェックインは野島がひとりで済ませた。フロントの死角——といっても防犯カメラですべて見えているはずだが——から制服姿の女がエレベーターに乗り込んでもフロントマンが事情を訊きにやってくることはない。狭い箱の中にいると、またムートンブーツの発酵した臭いが漂ってきそうだ。無意識に息を止めていた。

六一七号室のドアノブにカードキーを差し込む。青ランプが点灯した。何についての青信号だろう。いちいち問うている自分がみじめだった。

今ごろワインのコルクを抜いているだろうふたりへのあてつけにしては、あまりにみすぼらしくはないか。佐倉まりあとふたりで安ホテルに泊まることが、妻の不貞とつり合いが取れているとは思えない。

天井の低いツインルームは、ほとんどのスペースをベッドが占領していた。まりあが窓側のベッドに腰を下ろし「さむっ」と言った。暖房の温度を上げると、遠くで金属がぶつかり合うような音が響いた。音がわずかに遠のくのは、二五度。最初の設定より二度しか上げられなかった。

「キャバクラには行かないのか」

「いきなり現場ってのが怖くなっちゃって。とりあえずせんせぇとお客さんとしてご入店ってのが、流れ的にもいいかなって」

「そんなことをしたらこっちが職を失うだろう。俺を巻き込むな」

「それにもうけっこう遅いし、お腹も空いたし。もし良かったら、今晩泊めてくれるかなあって」

「ここで寝るつもりなら、ムートンブーツはどこかに捨ててこい」

「無理だよ、明日履くものないもの。これで勘弁してよ」

まりあはピーコートのポケットからビニール袋を取り出し、ムートンブーツを入れた。

「口は二重にして縛れ」

「生ゴミじゃないんだからさぁ」

「生ゴミのほうがましだ」

これ以上発酵されてはたまらない。二重に縛ったのを確認して、暖房がなるべく行き届かない場所へとそれを移した。

内側から鍵をかけてシャワーを浴び、ばりばりと音がしそうな浴衣を着込んだ。今ごろ里沙は——里沙たちは——何を話しているんだろう。帰ろうとした男を無理やりタクシーから引きずりだした女は、本当に俺の妻だったのか。否定すればするほど、ふたりで選んだインテリアからコップのかたち、ラグの模様まではっきりと思い浮かぶ。

バスルームを出ると、まりあがコートを着たままベッドの角であぐらをかき、驚くほどの猫背で携帯画面をのぞき込んでいた。冷蔵庫から出したミックスナッツは既に空になっている。親指だけが忙しく動いていた。野島が「俺のことは一文字も打つなよ」と言うと、顔を上げずに「わかってる」と返す。感情など少しも混じっていない、ひどく乾いた声だった。

「うちの親からは、一本のメールも着信もない」

「だからって、ふたりとも家に戻らないってことはないだろう」

まりあは首を振った。

「あたしがもう、戻りたくないの。ずっと駅前のおしどり夫婦なんて呼ばれたふたりの正体見ちゃったんだよ。信じられる？　あの人たちとうとう、商売からも、家族からも逃げたんだよ。借金なんて、あそこをでて行く都合のいいきっかけ」

野島の口からは、経済問題は大事なことだ、というような、通り一遍の言葉しかでてこなかった。まりあは携帯画面から顔を上げなかった。

「あのふたりは、あたしからも逃げたんだ。父親は、母親が逃げたんだから自分も逃げたっていいと思ったんだよ」

まりあはこのことだけで、自分が子供のころからもっていたちいさな疑問がテトリス画面のように音をたてて消えたのだと言った。

「気の小さい男と、打算的な女だったの。上手くいってるように見せなくちゃ、あんなところで喫茶店なんかやってられないでしょう。お客さんの悩み相談を聞きながら、一杯四百円のコーヒーと、五百円のランチを維持するために仲がいいふりするのって、ただの偽善じゃない」

べたべたした声ではなくなっている。

「もともと仲のいい夫婦なんかじゃあなかったんだよ」

まりあが言うほど、一家離散がそのまま彼女を不幸のどん底に落とすという気もしなかった。まりあはいつも、教室で騒ぐ女子生徒たちの真ん中にいた。明るいまりあ、馬鹿だけど陽気なまりあ――。

聞いたこともない冷たい声で彼女は言った。

「あたしに、あのふたりの血が流れてることが、許せない」

「お前、飛躍しすぎだ。十七で人生悟ったようなこと言うんじゃないよ」

「せんせぇに見えちゃってる将来と、あたしが昨日今日で見ちゃった将来って、絶対的に違うものだと思う」

いっそ大声で泣かれたほうがましに思えた。野島はまりあから目を逸らした。

「せんせぇは今まで、死にたくなるようなことって一度もなかった？」

生徒からの質問に答えられず悔しい思いをしたのは初めてだった。


まりあはシャワーを浴びたあと、浴衣を着てテレビのチャンネルを押しまくっていた。ときどき携帯に手を伸ばすが、親からの連絡はなさそうだ。

そろそろ日付も変わる。枕の位置を合わせていると、まりあがぼそりと言った。

「せんせぇ、なんで家に帰らないの」

「面倒な質問をするならでていってくれ」

「もしかして、帰宅恐怖症？」

あのまま帰宅したらとんでもない修羅場が待っていることは確かだった。強いて恐怖と言えるのは、それだけだ。帰宅するのが恐怖なのではない。帰宅した家がその時間、自分のものではないことを報《しら》される光景が恐怖なのだった。

ベッドのあいだに隙間のないツインルームは、狭いおかげで温度設定を二度上げただけでも暖かくなった。頭から里沙を追い出す。枕元のライトを点けた。文庫本を広げる。

主人公が組織の地下室で監禁されているシーンだ。暴力とセックス、退廃とアクション。

野島の実生活では一生お目にかかれないような世界だ。

野島は酒も飲まないし、これといった趣味もなかった。ブログを書くことも読むこともなければパソコンも仕事以外では使わない。ささやかな抵抗として妻が嫌いなバイオレンス小説を読むが、それも彼女の前では開かない。こうして並べてみただけで、自分でも充分つまらない男を自覚できた。

両手を縛られた主人公の腹に敵の膝が入った。衝撃に膝を折った男の頭へ、バケツの水がぶちまけられた。端が切れた唇で男が言った。

「殺せよ、殺せるもんなら殺してみろ」

誰も彼も、死ぬだの生きるだの、何を馬鹿なことを言ってるんだ。活字が揺れて曇った。嗚咽《おえつ》が漏れる。野島は目を瞑った。

まりあがベッドの上に立ち上がる気配がした。テレビから流れる歌番組。誰が歌っているのか、歌なのかどうかさえわからない曲。

「せんせぇ」

甘ったるい声がする。目を開けた。浴衣の前を広げ、まりあが裸をこちらに向けていた。寸胴のくせに、制服を脱いだ体は手も脚も驚くほど長かった。めりはりのない胴と肉付きの悪い太ももが、余計に脚を長く見せている。成熟にほど遠い裸は、マネキンの硬さを思わせた。

べたべたした声で話す、いつものまりあに戻っていた。

「今日のお礼に、正真正銘のホームレス女子高生がお相手しまぁす。お疑いでしたら生徒手帳もございまぁす」

「金を貰ってもお断りだ」

「なんで。あたし函館じゃあしょっちゅうおじさんとかに声かけられてるよ」

「それは俺じゃない。納豆臭い足なんかまっぴらだ」

「えぇー、ちゃんと洗ったってば」

月に二度のセックスも、里沙の都合に合わせた。年に一度といわれれば、自分はたぶんそうしたろう。したくないと言われれば黙って眠る。なにもかも彼女のペース。彼女の都合。彼女の情け。借り物の女。

校長との「現場」を目撃したのが、あのマンションじゃなければ。

あの日出張を早めて家に戻るなんてこと、誰が思いついたんだろう。知らずに済めば、そのほうが良かった。知っていいことなんか、ひとつでもあったか。この一年間、何度も自問し続けたが、答えはでていない。

「奥さんに義理立てとかしちゃうわけ？　かっこいぃ」

長い沈黙のあと、まりあが「ごめん」と語尾を伸ばさず謝った。

いつの間にかこの少女に、無防備な場所まで踏み込まれている。うまい言葉が思い浮かばないほどかなしかった。

野島の嗚咽はさっきよりひどくなった。浴衣の前を閉じてぺたりと座り込んだまりあの輪郭が、涙で曇って誰だかわからなくなった。

「せんせぇ、なにがあったわけ」

「見ちゃったんだ」

「なにを」

「女房と上司の不倫現場」

わぉ、とそこだけおどけた声でまりあが感心している。

「すっごい、二時間ドラマみたい」

「二十年も続いてたって。仲人までやってくれた校長だったんだ。君にぴったりの女性を紹介するって言われて、会って、すぐに決めた。非の打ちどころのない女に見えた。その女が俺と一緒になってくれると言ったときは、俺、一生大事にするって思った。だけど」

途切れた野島の言葉を引き受け、まりあが言った。

「それが、ひたむきでしたたかで、人を騙すことに立派な理由をつけられる女ってわけか」

沈黙を助けてくれたのは、聴いたこともないバンドの曲だった。

「せんせぇ、ひたむきでしたたかな女に、ずぅっと騙されてたんだ」

そのとおりだ。頼むからそれ以上言うな。

「けどさぁ、それってせんせぇが言ってたキャバ嬢の定義じゃん。泣いて悔しがるような女《タマ》じゃないよ」

頭の悪いまりあが「定義」などという言葉を使ったのがおかしくて、野島は吹きだした。

「あたしも、泣いて女房を恋しがるような男とはやりとうないわい」

テレビを消したあと、まりあが「おやすみ」と言った。

「おやすみ」

列車の中で睡眠薬を忘れてきたことに気づいてから、眠ることはあきらめている。

枕元のライトを消しても、室内は入口の非常灯が鏡に反射して明るかった。

横を見ると、毛布に白布を掛けただけの安っぽい掛け布団が、体のかたちに盛りあがっていた。胸の膨らみはない。腰骨の下へと伸びる脚は、身長の半分以上ありそうだ。まりあは丈の短いスカートとムートンブーツが、この脚が持つ美しさを隠していることに気づいているのだろうか。さっきまで死ぬの生きるのと言っていた唇は閉じられ、長い睫毛《まつげ》はぴくりとも動かなかった。規則的な寝息が暖房の金属音と重なる。

非常灯の光を集めて、まだ口にするには早い白桃のような頬が光っていた。

お前、寝付き良すぎるだろう。

いつの間にか頬が持ち上がり、野島は笑っていた。

翌朝午前八時。里沙からのメールで目覚めた。携帯の待ち受け画面はふたりで撮った富良野での写真。スキーウェアは里沙からのプレゼントだった。笑顔の眩しい女が、冴えない男の横でVサインをしている。ビクトリーのVか。お前の勝ちだ、里沙。

それはひどく間が抜けたメールだった。

——道南は朝から雪が降ってるって、今テレビで見ました。寒くないですか？　三連休は年度末の追い込みですか。わたしも今、佳境に入ってます。突然だけど、春休みどこかへ旅しませんか？　海外でもオッケーです♪

携帯画面を閉じる。座敷わらしのような頭をしたまりあが、むっくりと起きあがった。

「おはよぉ」

「おはよう。無駄に語尾をのばす癖は直せ」

「はぁい」

まりあの携帯には、朝になっても両親からの着信とメールは入っていなかった。

「繋がらなくなっちゃってる。着信拒否とは、ふたりともいい度胸だぜぇ」

まりあは薄汚れたストラップがぶら下がる携帯電話をベッドに放り投げ、笑った。

札幌駅のスターバックスで朝食をとったあと、西改札口の前に立ち三連休が始まった駅の人波を見ていた。もう既に疲れ始めている家族連れや、起き抜けの顔、老夫婦。そのどれにも属さない自分たち。

改札口の上で電光掲示板が次々と行き先を報せている。ポケットには木古内までの乗車券があった。野島は掲示板を見ながら大きなため息をひとつ吐いた。横でまりあが野島を見上げている。

ポケットから乗車券を取りだした。札幌―函館、函館―木古内。

まりあに木古内までの乗車券を買い与えて、別々の車両に乗り込めばいいことだった。

野島の足は一歩も前へと進まなかった。

釘で打ち付けられたようにその場を動けない。数えきれないくらいの人間が、改札に吸い込まれては吐きだされている。野島にはそれが、連休が終われば何ごともなかった顔で日常に戻って行ける資格を持った人々に見えた。自分はその流れに足を踏みだすことができない。次第に日常がどこにあったのかもわからなくなってきた。

『せんせぇに見えちゃってる将来と、あたしが昨日今日で見ちゃった将来って、絶対的に違うものだと思う』

昨夜のまりあの言葉が胸奥の深い場所から一気に喉もとまでせり上がってきた。

「佐倉、それはもしかしたら同じものかもしれない」

言葉にしたら、そのまま彼女の持つ暗がりに引きずり込まれそうだ。野島は首を横に振った。自分はもう既に、この女に右手を取られている。昨夜見た校長のように。日常から引きずり下ろされている。

　ひどく喉が渇いていた。

　掲示板の行き先がおおかた変わったころ、まりあが口を開いた。

「せんせぇ、どうしたの。具合でも悪い？」

「いや、大丈夫」

「三連休初日だね」

「うん」

「どっか行こうよ」

「どこ行くんだよ、お前とふたりで」

「あたしたち、行くとこないのかぁ」

　再び何分ものあいだ黙って掲示板を見上げた。無意識に自分の行き先を探している。

　旭川行きの「スーパーカムイ」と道東行きの「スーパーおおぞら」が同時に表示された。

　人波がいっとき落ち着いたころ、まりあが言った。

「せんせぇ、かわいそう」

「かわいそう？」

「うん、すごくかわいそう」

　野島は、帰る家を失った少女に「かわいそう」と言わせた自分を嗤った。

「そうか、俺、かわいそうなのか」

「うん」

長く浮遊していた心の、着地点が見えた。すっと右足が前にでる。野島はみどりの窓口へ行き、釧路行きの乗車券を二枚買った。一枚をまりあに手渡す。

「釧路?」

「うん。俺、道東って行ったことないし」

終着駅がいちばん遠そうな場所だった。まりあがついてこなくても、それでよかった。野島は早足で改札を抜けた。一緒に行かずとも、彼女が示した野島の着地点は動かない。

「せんせぇ、待って」

まりあが追いつくのを待って、野島は再び歩きだした。

星を見ていた

道路沿いの木々が色づいていた。十月の朝、「ホテルローヤル」へ向かう砂利道をミコは歩く。なだらかな坂を二十分上り、十分下る。下りきると国道と細い上り坂に道がわかれた。ミコは坂道の方へ足を向ける。そのあとは上りきるまでの十分を砂利を見ながら歩く。上りきれば白い古城を模したラブホテルの建物が見えてくる。

家をでてから始まる最初の上り坂でミコが思い浮かべるのは、これまで産んだ三人の子供の顔で、下り坂で思うのは流れて行った倍の数の赤子のことだった。

ミコがホテルローヤルの掃除婦になって、五年が経とうとしていた。それまでは昼間はビニールハウス農園の出面取《でめんと》りをしていたのだが、そこが離農に追い込まれた後は働く場所がなくなった。世の中はバブルだ好景気だと騒いでいたが、それはミコのところへやってくる前にはじけてしまう、泡そっくりの別世界のお祭りだった。

最近では送り迎えまでして家政婦を雇う家もない。六十になる山田ミコを雇ってくれる職場は、自宅から二キロ先にあるホテルローヤルだけになった。

「ミコちゃん、腰が曲がってるよ」

和歌子《わかこ》が坂の下から声を掛けてきた。働く場所がなくなったミコをホテルの掃除婦に誘ってくれたのが彼女だった。農園で知り合ったパート仲間だ。

立ち止まり、和歌子が追いつくのを待つ。曲がっていると言われた腰を、心持ち伸ばしてみた。背骨の真ん中あたりにずきりと痛みが走る。楽な姿勢に戻すと痛みは止まった。

「後ろから見たら、まるきりお婆ちゃんじゃない。もっとしゃんと背中伸ばさないと」

四十八歳の彼女は朝からしっかりと化粧をして家をでてくる。ミコは肌の手入れなど生まれてからほとんどしたことがなかった。朝晩濡れタオルで顔を拭くだけだ。

外仕事ばかりしていたせいか色は黒いが、もともと皮膚が強いのか丸顔でつるりとしている。目尻こそカラスの足跡のようだが、額にも頬にもさほど深い皺はなかった。皺のあるなしでいうなら、毎日日焼け対策に余念のない和歌子の方が小皺だらけの顔をしている。

ミコにとっては、ホテルの清掃で得たパート代の半分が化粧品に消えることの方が驚きだった。朝から夜中まで握り飯三つで働いて、月に十万円弱。忙しい日は夜中の十二時まで掃除に走るが、暇なときは七時や八時に帰されることもある。

午後四時に帰る昼間だけの和歌子と違い、ミコは一時間でも多く稼ぎたかったので、朝の九時から昼も夜も通しで働かせてもらっている。昼と夜の休憩二時間を引かれたとしても、移動がないぶん体は楽だった。

長年の畑仕事でいつの間にか曲がってしまった腰と、四十代で入れた上前歯八本の入れ歯は仕方ないとして、顔だけを見ればミコを六十歳と言い当てるのは難しい。

「そんな腰してたら、若い旦那さんががっかりするよ」

和歌子は年の離れたミコの、しっかり者の妹のようなつもりでいる。若い旦那、と和歌子は言った。ミコの夫が十歳年下であることは、どこへ働きに出ても必ず話題になった。戦争が始まる前年に生まれたミコの年代では珍しい組み合わせだ。

大間《おおま》から流れてきた漁師の山田正太郎《しょうたろう》と出会ったのは、ミコが三十五歳、正太郎二十五歳のとき。高度成長期も落ち着き、港町にも新しい時代が訪れたころだった。

正太郎はマグロ漁師の跡取りに生まれたが、親が残した借金を払えずに北海道の海岸線を東へ東へと流れてきた。釧路でサンマ漁船に乗っているときに、同じく漁港で魚のより分けをしていたミコと知り合った。

中学を卒業してからずっと朝から晩まで働きづめだった三十五歳のミコを、女にしたのが正太郎だった。その正太郎も四十までは船に乗っていたが、漁船員同士の喧嘩が元で右脚の腱を傷めてからは船を下りた。ミコの親が遺した山奥の家で暮らしているが、ここ十年はどこへも働きにでていない。働こうとすると、決まってひどい頭痛がするという。

ふたりの間には二十四歳の長男、二十二歳の次男、二十歳の長女がいるが、みな中学を卒業してすぐに家をでた。音沙汰があるのは、左官職人に弟子入りして去年自力で札幌の夜間高校を卒業した次男坊だけだった。あとのふたりはどこでどうしているのか、次男が年の暮れに一度ミコの職場に掛けてくる電話だけではわからなかった。

しかしミコが同じ腹からでてきた子たちの仲を心配したことはなかった。人と人はいっときこじれても、いつか必ず解《ほぐ》れてゆくものだと、死んだ母に教わった。

ミコにも弟がひとり妹がひとりいるのだが、売る土地がなくなったころから音信が途絶えていた。電話もないので、連絡はもっぱら働き先に入る。農園の経営者には、誰かから連絡があったら新しい勤め先であるローヤルの電話番号を伝えてくれるよう頼んであるのだが、この五年間次男坊以外誰からも連絡はなかった。みんなきっと、何か事情があるのだろう。そう思うことですっきりとした折り合いをつけられるのも、亡き親がミコに与えてくれた性質だった。

「ミコちゃん、なんでいっつもそうやってニコニコしてられるの」

「わたし、笑ってるかい？」

「うん。なんか、象さんみたいな目ぇして笑ってる。苦労人のミコちゃんが笑ってると、わたしなんかまだまだ修業が足りんっていつも思うよ」

笑う理由はどこにもなかった。笑っているという意識もないし、面白いことに出会ったり思ったりすることもない。

朝の八時に家をでて、二キロの山道を黙々と職場に向かう。砂利道で転べば膝が駄目になると思うから、毎日ひたすら転ばぬよう気をつけている。苦労人という言葉が自分を包んでいることは知っているが、何が苦労なのかはわからない。黙々と働くことが苦労なのか、働かない亭主がいることが苦労なのか、そこだけはいつも靄《もや》がかかりっぱなしで、誰も教えてはくれないのだった。

体も温まり、坂の途中で着ていたコートを脱いだ。派手なうぐいす色のキルティングコートは、女将のるり子からもらったお下がりだ。Lサイズで袖も指先しかでないほど大きいが、冬場に向かって着るのだし、とありがたく頂戴《ちょうだい》した。

るり子は街はずれに建った大型スーパーのバーゲンセールが好きな女だった。折り込みチラシが欲しくて新聞を取っているという。買ったはいいが一度しか袖を通していないオーバーや、派手すぎるTシャツ、サイズ違いの靴下など、買って失敗したものや飽きたものはパートの和歌子やミコがもらう。

安くなるにはそれなりの理由があるものらしい。よく高校生になる娘の雅代に突っ返されているが、半日かけてのバーゲンあさりだけは止められないでいる。

あのさ――。

坂を上りきったところで和歌子が言った。

「ローヤルの女将さん、K珈琲の配達員と仲がいいの知ってる?」

「いんや、知らない」

「月なかと月末にくる若い配達員いるじゃない。ちょっといかり肩で、色の黒い」

ミコはホテルの冷蔵庫に入れる飲み物の補給にやってくる若い配達員の顔を思いだそう

としたが、まったく像を結ばなかった。和歌子の話は砂利を踏む音のあいだを縫ってするすると耳に滑り込んでくる。

「このあいだ、事務室でいちゃついてるところ見ちゃったんだよね。立ち話するのに体くっつける必要ないじゃん。社長ってば朝から毎日パチンコだもんねえ。奥さん毎日毎晩ひとりで事務室に缶詰じゃ、たまのバーゲンか男の楽しみでもないとやってられんのかもしれないよ。人間、ゼニカネじゃあ幸せになれないってことかねえ。わたしらには縁のない話だけどさ」

　ミコの心配は、るり子と社長が別れることにでもなったら、今後お下がりがあたらなくなるということだった。いずれにしても上手くやってほしいというのが正直なところだ。

「なんも、ひと晩仲良くすれば夫婦だもん大丈夫だべさ」

「なに言ってんのさ。うちの亭主は五十だけど、とうにそんなのなくなっちゃってるよ。社長なんてもう六十近いでしょう。奥さんは四十のし頃だもん、こりゃあバレたら大変なことになるよ」

　和歌子の亭主と正太郎は同い年だった。笑い終わった和歌子が黙って歩くミコの顔をのぞき込んだ。

「ちょっと、わたしミコちゃんになにかまずいこと言った？」

「いんや、なんも言わんよ」

ミコが、世の中のおおかたの夫婦が毎日体を繋げる生活などしていないことを知ったのは、ホテルローヤルに勤めだしてからだった。

そのときの和歌子との会話は今でも覚えている。ふたりで部屋の掃除に入ったときのことだった。

ミコが風呂、和歌子はベッド周りを担当し、ふたりでテレビや冷蔵庫を拭き、最後に粘着テープのローラーで床の敷物をひと撫でするのが掃除の流れだ。

「この部屋のお客さん、いつもの赤まむしだよ。シーツの汚しかたですぐわかるんだよね。まったく、金を払えばどんなに汚してもいいいって思ってんだよ。見てよこれ」

和歌子が剝いで見せたシーツには、女のものか男のものか分からない体液のシミが大きくいくつも散らばっていた。鼻を突く臭いはどんな男のものでもほとんど同じだ。

和歌子が言うには、掃除伝票のいちばん下に書き込まれた車のナンバーが同じらしい。必ず赤まむしドリンクとコーラを飲んで帰る客で、和歌子は勝手に「赤まむし」と名付けている。

「三日に一回だよ、ミコちゃん。何をやってるか知らないけど、金がなきゃ毎回ホテルでなんかできないよ。三日に一回、真っ昼間に赤まむし飲んでシーツ汚して。誰だか知らないけど、羨《うらや》ましい生活だ。わたしもたまには掃除しなくてもいい部屋で思い切りセックスしたいもんだ」

「三日に一回って、多いのかい」

「多いに決まってるじゃん。この汚しかたを見なよ、立派な変態だよ」

細い目を目一杯開いて言う和歌子に、そうかそうかと笑って応えた。そんな会話のあと、ミコは毎日毎晩下着の中のものを大きくして妻の帰りを待っている正太郎の姿を思いだし、腋から冷たい汗を流したのだった。

和歌子がつと足を止めて、林の向こうを指差した。

「山のほう、ずいぶん赤くなってきたね」

「あぁ本当だ。急に寒くなったし、今年は紅葉も早いね」

ホテルの建物沿いにある砂利道の向かい側は、なだらかな丘陵の林になっており、その向こうには小高い山があった。

母親が遺してくれた家は五右衛門風呂しかないあばら屋だが、稜線の向こうに広がる土地の多くは死んだ父親が開拓したと聞いた。ミコが小学校に上がる前に死に、母親は土地を切り売りしながら子供たちを中学まで通わせた。街は父が思ったよりも川下や海辺のあたりで小さくまとまってしまった。せっかく拓《ひら》いた土地は冷涼な気候のせいで農作物も育たず、酪農をするには起伏が多すぎた。

三人の子供の顔を、上からひとりひとり思い浮かべてみる。正月も盆も、誰も帰ってこなくなってから何年経ったろう。

白い息を吐きながら通用口から入る。一階が事務室で二階は高校生になる社長夫婦の娘の部屋だった。家族の食事も生活も、ほとんどがこの十畳あるかないかの事務室でまかなわれていた。

小さな台所でるり子がパジャマ姿のまま顔を洗っていた。朝の挨拶を済ませリネン室に入り、掃除伝票が貼られたホワイトボードを確認する。朝の掃除は五室あった。

部屋数六つのラブホテルは、湿原を見下ろす高台に建っている。国道から一キロほど山に入るせいで、町場のホテルより昼間の客が多いということだ。朝からやってくる客もいる。急いで掃除に走らねば、るり子の機嫌が悪くなりそうだ。和歌子が掃除用具の入ったカゴをさっと持ち上げ、話もしないでリネン室から飛びだした。ミコも、ひと部屋分ずつまとめてあるリネン類を両脇に抱え後を追った。

すべての部屋の掃除を終えて通用廊下に掃除機をかけ、洗濯の終わったシーツやバスタオルなどを干し終わると、既に十一時を過ぎていた。昼休みまでに昨日干したシーツにアイロンをかけてリネンセットを作り終えなくてはならない。そうこうしている間にも、部屋はひとつふたつと埋まっているようだ。掃除をしたばかりの部屋から、シャッターの下りる音が響いてくる。

昼休み、三つある握り飯のうちふたつをナイロンバッグから取りだした。残すひとつは夕飯用だ。和歌子が、持参したポットからお茶を注いでミコに渡した。礼を言って受け取りながら、ビニール袋に詰めてきたキャベツの浅漬けを差しだす。和歌子は喜んでそれをつまんだ。

「ミコちゃん、ちょっときて」

るり子が呼んだ。握り飯を包装紙に戻し、事務室へ入る。るり子は緑や白や黒がマーブル模様を描いたナイロン製の長袖Tシャツとだぼだぼした袴《はかま》みたいなズボンを穿いていた。るり子が飽きたらこのズボンは和歌子が手に取りそうだ。ひっつめた肩までの髪は自分で染めたのかひどく斑《まだら》になっていた。

るり子は吸っていた煙草をもみ消し、「これ」と言ってミコに茶色い封筒を差しだした。

「山田次郎って親せきか誰か?」

札幌にいる次男坊だと言うと、るり子は大声で笑いだした。

「今どき、長男が一郎で次男が次郎なんて、すごいねぇ。一体誰が付けたの。いちばん下は女の子じゃなかったっけ。まさか花子とか言わないよね」

「亭主が考えた名前です。バチっ子は、花子ではないけども、子はもういらんっていうことで『はな』ってつけました」

笑い声がぴたりと止《や》んで、るり子はなにも言わず新しい煙草を口にくわえた。ミコは小さく頭を下げてリネン室に戻った。手の中にある茶封筒の表には職場の住所と「ホテルローヤル内」という表記の横に角張った太い文字で「山田ミコ様」と書かれていた。裏側には「山田次郎」の四文字だけだった。住所は書かれていない。リネン室に戻り、差出人の名前だけ記された手紙がなにを示すのか考えようとした矢先、和歌子の声がそれを遮った。

「手紙かい。誰から？」

「二番目の息子。元気でいるみたいだ」

「開ける前から元気もなにもわからないよ。開けてごらんよ」

和歌子に急かされ、封筒の上部を丁寧に千切《ちぎ》った。中から便せんに包まれた一万円札が三枚でてきたとき、なにを思ったのか和歌子が泣いた。ミコは一万円札を包んでいた便せんを太ももでしっかりと伸ばし、ひと文字ひと文字、息子の体温を探すように読んだ。

『会社がかわって、給料がすこしだけ良くなりました。前の親方はのんびりしていたけど、今度の親方はやり手というウワサです。仕事もバンバンはいってきます。すこしだけど、この金は母さんが好きにつかってください。　次郎』

読ませて欲しいと請われ、便せんを渡した。和歌子は弁当もそっちのけで泣いていた。いつの間にかミコが励ますような気配になっている。いい息子じゃないの、と和歌子が洟《はな》をすすった。

「そうだねぇ」

「ミコちゃん、そうだねぇって。あんた自分の息子でしょう。こんな子、今どきいないよ。長男坊からはもう何年も音沙汰なかったんじゃないの。この子でしょう、左官屋さんに弟子入りして自力で夜間高校卒業した子って。こんな手紙もらって、嬉しくないのかい」

「嬉しいよ、もちろん。うちの子はみんないい子なんだ」

抑揚のない声で言うミコの目を見て、和歌子が黙り込んだ。言葉にならない気持ちを、どうやって彼女に伝えればいいのかがわからなかった。そもそも自分の感情というものがミコにとっては不可思議な沼の底のようなのだ。親が死んだときも、子供を流したときも、泣いた記憶というのがなかった。泣いても笑っても、体を動かさねばならない毎日は続く。黙々と働き続けるしかない毎日だ。時間が金になり、その金でぎりぎりの生活をする。ぎりぎりという言葉は他人に教わった。泣きかたを教えてくれる他人はいなかったが、ミコの暮らしがひどく貧しいことは、出会った誰もがそれとなく口にした。

『誰も恨まずに生きてけや』

母親が死ぬ間際に言い残したひとことも、上手く理解できなかった。誰をどんな理由で恨めばいいのかわからなかった。港で、農園で、家政婦に入った家で、どこへ行っても他人様はみな働き者のミコに優しかった。

一時間の昼休みが終わる頃、和歌子は目元の化粧を直してそそくさと掃除道具を持って部屋に向かった。急に口数の少なくなった同僚を追いかけるように、ミコもリネン類を抱えて廊下を走った。


その日は午後十一時になってようやく掃除が途切れた。

「ミコちゃん、今日は十一時で上がってちょうだい」

事務室で娘の雅代と口げんかをしていたるり子が、娘を怒鳴る口調のままリネン室に向かって言った。壁の時計を見ると、十一時を十分過ぎている。もう二十分あと片付けをしていれば二百五十円のパート代が足される。和歌子ならばひとこと言うところだ。バスタオルを畳んでいた手を止めて「わかりました」と返事をする。るり子の機嫌が悪いのは、しばらく社長が家に帰ってきていないせいかもしれない。

「おやすみなさい、明日もよろしくお願いします」

通用口をでて、湿原から吹き上がってくる冷たい風に背を押されながら歩いた。

ミコは日に何度も母の教えを思いだす。

『いいかミコ、おとうが股をまさぐったら、なんにも言わずに脚開け。それさえあればなんぼでもうまくいくのが夫婦ってもんだから』

正太郎と仲良く暮らしていられるのも、母の教えをひたすら守っているお陰だった。

ホテルの灯りが途切れたあたりで、手に持った懐中電灯を点けた。街灯も月明かりもない夜は、前も後ろもさっぱりわからない闇の道だ。数メートル先を、赤い光がふたつ横切って行った。狐だろう。少しでも雪があれば夜でもほの明るいのだが、この辺りに目立った積雪があるのは年が明けてからだ。

ふと、春になったら次郎が送ってくれた金で自転車を買おうと思った。ローヤルと家の往復は、上ったり下ったりの坂道ばかりだけれど、ライトが付いた自転車なら下りはもちろん楽だし、上りにしたって足下を照らしてくれる。そうだ、ライト付きの自転車を買おう。自転車ならば数キロ先の大型スーパーにも行くことができる。服や食べ物、家電や家具、売り物であふれた明るい店内を、一度この目で見てみたかった。

『この金は母さんが好きにつかってください』

暗闇に次郎の顔を思い描いた。中学へ通っていたころの、丸くて子供っぽい顔立ちしか記憶にない。幼い頃から次郎がいちばんミコに似た顔立ちをしていると言われていた。

ミコはよそ行きの服を持っていないという理由で、誰の入学式にも卒業式にも出席したことがなかった。それでも子供たちから不平不満を聞いたことはない。

「やっぱりうちの子は、みんないい子だ」

闇に向かって呟いた。

家に戻ると、ちょうど正太郎が五右衛門風呂の湯加減をみているところだった。

「おう、お帰り。疲れたべ、風呂入れや」

裸電球の下で、股引《ももひき》とシャツ姿で湯桶を持ってミコをねぎらう声はいつも優しい。焼けた顔に大きな目が光っている。声も潮に焼けて嗄《しやが》れているが、抜け落ちた犬歯のせいで少しばかり間が抜けている。

次郎から送られてきた金のことを話そうと思ったが、手紙の文面を思いだしてやめた。金は余るほどないほうがいい。なにより、春に買う自転車のために取っておかなくては。正太郎を信じないわけではなかったが、この三万円が日々の食べ物や生活費に消えてゆくのは息子に申しわけない気がした。

「背中流してやっから、風呂入れ」

言われるまま服を脱ぎ、家というよりは小屋の端にある風呂釜に体を沈めた。

ローヤルの金色や銀色、檜《ひのき》や岩を模した風呂を掃除していると、加減の良いきれいな湯がたっぷり残されていることがある。そんな場合でも、決してひと風呂浴びようなどとは思わないようにと、勤め始めたときにるり子からつよく言われていた。

「ホテル屋は、客室を自分で使ったらおしまいなの。パートさんたちが掃除しているのは、あくまでも売り物なんだ。高い水道代払ってるし、借金だってバカみたいな額だけど、どんな場合だろうと、どんなにもったいないと思っても、客室のものは一切私物化しないでちょうだい」

リネン室に戻ったあと、「しぶつか」って何？　と和歌子に訊いた。

「自分のものみたいにして使うことだよ」と声を落として彼女が答えた。

「お父ちゃん、いつもありがとうねぇ」

自身も裸になって、湯船に沈む妻の肩を揉《も》みながら「なんでぇ急に」と照れている。肩を揉んでいた手のひらがするりと湯に滑り込み、ふわふわと漂うミコの貧弱な乳房に触れた。扁平に近いので、若い頃からブラジャーなどあてたこともなかった。そのくせ子供に飲ませる乳だけは溢れるようにでてくる不思議な乳房だった。

滑《ぬめ》るすのこの上で体を洗い始めると、入れ違いに正太郎が湯船に入る。湯船の縁を跨《また》ぐやせ細った太もものつけ根に、いつもどおりそそり立つ陰茎がある。

「お父ちゃん」

「なんだぁ」

その声があんまりのんびりと響くので、言いかけた言葉がさっと頭から消えてしまった。なにを言おうとしたのか、背中を洗ってもらいながらしばらく考えていたが、もういちど湯船に沈むころには、忘れる程度のことだったと諦《あきら》めた。

冷たい布団へ下着を着けずに入りこむと、正太郎が温まった体を重ねてくる。時計は午前一時にあと数分。いつものように両脚を開くと、唾液で濡らした正太郎の先端が体の中へと入ってきた。少し痛いが、なんということはなかった。我慢をしていればすぐに終わる。夫に優しくしてもらえるのも、この時間があるからだとミコは信じている。

みんな、ここから生まれたりここで死んだりしている。体の内側へ続く暗い道は、一本しかないのに、不思議なことだった。

暗い平屋に、秋の風が吹き込んでいた。風は生き物の鳴き声に似た音をたて、足下や天井を走ってゆく。そろそろあちこちに目張りをしなくてはいけない季節だ。

ミコは風呂場で言いかけて忘れてしまったのは、目張りのことに違いないと思った。すきま風を追い返す勢いで、夫の息が荒くなってきた。文字盤を旋回する夜光の針が一時を少し過ぎた。ミコの上で揺れ続けていた正太郎が吠えた。

風呂の残り湯で体を流し終えると、布団の中で既に正太郎は鼾をかいていた。ミコは母が遺した丹前《たんぜん》を羽織り、夫に寄り添って横たわると海老のように体を縮めた。


紅葉も艶を失って湿原に初雪が降った朝、坂の下から和歌子が大声でミコを呼んだ。毛糸のマフラーを頭から被っていたので、気付くのが遅れてしまった。和歌子は雪に濡れた砂利道を、白い息を吐きながら上ってくる。

「ミコちゃん、ミコちゃん待って。ちょっと待って」

坂の下へと向き直って和歌子を待った。辺りを見回すと、明け方に降った初雪が樹の枝に残っていてまぶしい。正太郎に頼んだ目張りも、今日あたり終わるはずだった。

ミコに追いついた和歌子は、弁当の入っているバッグから四つに折りたたんだ新聞を取りだした。

「これ、ここ、ちょっと見てや。山田次郎って、ミコちゃんのところの次男坊じゃなかったかい」

和歌子が指し示した記事は、折りたたまれた新聞の大きさだ。カラーの顔写真の下に名前が書いてあるようだが、字が小さくてまったく読めない。写真の顔は、何となく見覚えがあるような気もするし、ミコが覚えている次郎とは似ても似つかぬような感じでもある。ミコの老眼に気付いた和歌子が、今度は大きな見出しを指差した。こっちはなんとか見えた。

『石狩浜の死体遺棄事件、容疑者の身柄確保』

漢字の半分以上が読めなかった。「死体」という文字に、まさか次郎が殺されたのではと喉の奥に石が詰まったようになる。

「次郎が、次郎は死んだのかい」

ようやく声にすると、和歌子の口から大きな白い息が塊になって吐きだされ、瞬《また》く間に散った。

「違う。ミコちゃん、この人ね、釧路町出身の二十二歳で、山田次郎っていうんだ。このあいだ、札幌の近くの石狩浜でトランク詰めの死体が発見されたんだけど、この人がその犯人じゃないかって新聞に書いてある。暴力団の抗争事件だって」

「犯人って。それじゃあうちの次郎が人を殺したってかい。うちの子に暴力団なんかおらんよ。次郎がやくざなんてなんかの間違いだ」

和歌子は唇をきゅっと閉じて頷いた。

「容疑者ってことは、まだはっきり決まったわけじゃないってうちの旦那が言ってた」

「和歌ちゃんの旦那さんって、警察で働いてるんだよね。どうにかならんかね」

「違う違う。うちのは警察署も受け持ってる清掃会社の社員だってば」

なにを思えばいいのか、なにを考えればいいのかわからず、ミコはすたすたと職場への道を歩きだした。今はただ遅れないよう歩くのが先決だ。和歌子もつかず離れずついてくる。よろけた際に和歌子が伸ばした腕を、無意識のうちに払っていた。それきり和歌子はなにも言わなかった。

ふたりが通用口から建物に入ってゆくと、事務室にあるテレビがついていた。テレビの前には揃いのジャージを着た社長とるり子が並んで立っている。流れているのはニュース番組のようだ。朝の挨拶をしたところで、るり子がミコを呼びつけた。

「ちょっとミコちゃん、あんたのとこの次男坊、テレビに映ってるよ。左官職人だって言ってなかったかい。新聞じゃ中学を卒業してすぐに極道になったって書いてある。あんた、なんも知らなかったのかい」

テレビの前から動かずにいた社長が首だけで振り向き、るり子に向かって言った。

「お前、やめれや。なにか知ってたらいつもどおり働きにくるかよ。警察だってまだなにもわかってないべ。お前がミコちゃん責めてどうするんだ」

るり子がミコを責めてなどいないことはわかっていた。口から飛びだす言葉は乱暴でも、この女は人が好《い》いのだ。だからぽんぽんとものを言うし、若いパートが長く保《も》たないのもそのせいだ。和歌子はおだてるのが上手く、ミコは黙って体を動かす。それで長いこと上手くバランスが取れている。

九時のニュースのトップに、石狩浜のトランク詰め殺人が流れ始めた。みな、その場に突っ立ったまま動かない。社長もテレビのスイッチを切らないし、るり子も消せとは言わなかった。

手錠を掛けられ、頭からすっぽりと紺色の雨合羽《あまがっぱ》のようなものを被せられた男が、札幌の北署に連行される場面が映っていた。画像はすぐにその男の顔写真へと変わった。

「山田容疑者は既に容疑を認めており、今朝九時半から始まる取り調べにより、事件の全容が明らかになると思われます」

続いてのニュースは道東の初雪についてだった。和歌子がミコの背後で大きく息を吐いた。ミコは頭から首に巻いたマフラーを外し、うぐいす色のコートを脱いで丸めた。握り飯三つが入ったナイロンバッグをコートの上に載せ、ホワイトボードの前で掃除に入る部屋の確認をする。今朝の掃除は三部屋だった。

掃除部屋の数によって、仕事の段取りが違う。今日はひと部屋ひと部屋念入りに拭き掃除をする日になりそうだ。ミコは風呂掃除用の道具の他に雑巾掛け用のバケツと洗剤、古タオルを持って廊下にでた。和歌子が部屋掃除にやってきたのは、ミコが風呂掃除を終えてバケツに水を溜め始めたころだった。

一日中無駄話のひとつもしなかった和歌子が、帰りがけにようやく口を開いた。リネン室の窓から、通用口の前に停まった車が見えた。とっぷりと日が暮れるようになってからは、友達が和歌子を迎えにくるようになった。

和歌子は坂を下りて左に曲がってすぐの家に住んでいる。街灯もない夜道を下りてくる姿を見た友人が、パート帰りに寄ってくれるようになったという。

「朝はちょっとびっくりしたけど、ミコちゃんにはなんにも罪のないことだから。今日はごめんね。明日はまた笑いながら仕事しようね」

「ありがとね」

和歌子はまた目に涙を浮かべていた。こうしてどんどん自分の周囲の人間が優しく変化してゆくのを、何度か経験した。

中学三年だった末っ子の腹が大きくなって、相手の親が金の入った封筒を差しだしたときもそうだ。長男坊が盗みの疑いをかけられて学校へ行くことができなくなったときも同じだった。教師の使い込みだったことがわかってから校長が頭を下げに家にやってきた。

そのあと、周囲は更にミコに優しくなった。

噂はいつもミコの周りの人間を優しくしてくれた。それもこれも、なにがあっても黙々と働いてきたからだ。

『いいかミコ、なにがあっても働け。一生懸命に体動かしてる人間には誰もなにも言わねぇもんだ。聞きたくねえことには耳ふさげ。働いていればよく眠れるし、朝になりゃみんな忘れてる』

母ちゃんの言うとおりだ。

ミコは休憩時間、残ったもうひとつの握り飯を食べながら母親が残してくれた言葉をひとつひとつ飲み込んだ。

和歌子が帰ったあとの部屋掃除は六つ。ミコは懸命に体を動かし続けた。休憩も取らず、朝の掃除のためのリネン類の整理や、頼まれてもいない繕い物、雑巾縫い。仕事は十一時半まであった。

帰りがけ、頭からマフラーを被りお下がりのコートを着たミコに、るり子が柿をひとつ分けてくれた。彼女もまた、和歌子と同じくなにか言いたげな目をしてリネン室の戸口に立っている。

「うちはこういうことで辞めてくれって言うような職場じゃないし。安心していいよ。明日もちゃんときてよね」

小さく頷くと、それまで怒ったようだったるり子の顔が照れた笑顔に変わった。ミコは短く礼を言い、いつものように「おやすみなさい」と言って外にでた。

白い息が、辺りを照らす間もなく闇に吸い込まれてゆく。軍手でしのげるような寒さではない。灯りが届かなくなった坂の途中で、ポケットに入れてある懐中電灯を取りだした。スイッチを入れると、足下を照らすはずの丸い灯りがふわふわとその大きさを変えた。不思議に思ってもういちどスイッチを入れ直してみる。あとは何度繰り返しても懐中電灯は点かなかった。

ミコはきた道を振り返った。遠くに建物の灯り、坂の下には小さく電信柱に取り付けられた街灯が見える。足下に気をつけながら坂を下ってゆく。

ふと、あの電柱の灯りから山側に曲がったら、どうなってしまうのか考えた。そんなことを思ったのは初めてのことだ。いつもは灯りのない坂道を上って下る。ただ暗い、車もすれ違うのが難しい細い山道である。ミコは何も見えず、何も聞こえない処へ吸い込まれてみたくなった。

テレビに映っていた男が、本当に次郎なのかどうか、まだ疑っていた。神棚の裏側に隠した三万円は、真面目に働いて稼いだものじゃなかったのか。本当に次郎なら、いつの間にあんなに大きくなったんだろう。

砂利に足を取られぬよう坂を下り終えた。右に曲がり、灯りのない坂を上りかけたところでふと、空を仰いだ。林の葉も散って、空が広くなっている。月のない夜だった。冷えた空気のずっと向こうに、星が瞬いている。細かいものを見るのは駄目になったけれど、不思議なことに星の瞬きはくっきりと目に飛び込んできた。

星々を見ていると、この坂を上り、下り終わったところに自分が生まれ育った家があることも、そこで待つ正太郎のことも、今朝見た新聞も、テレビニュースのことも、なにもかもがひどく遠いもののように思えてきた。

どこかでゆっくりと休みたい——。

ひとりになりたいと思ったのも、そんなことを考えたのも初めてだった。星が照らす木々の梢《こずえ》に誘われるように、ミコは林の中へと足を踏み入れた。幹にぶつかり、木の株に脛《すね》を打ちながら、冬支度を終えた林のにおいを嗅いでいると、なにやらふるふると目から温かいものがこぼれ落ちてくる。ミコは手探りで、脛を打った株に腰を下ろした。饐《す》えた臭いの軍手で涙を拭う。木の梢が交差して網の目になった空に、星が輝いていた。

明るくなるまで座っていようと決めた。腹が減ったらるり子がくれた柿を食べればいい。じっと座っていると、まるで自分が切り倒された木の代わりに据えられた幹のように思えてくる。尻の下から株に残る命の温かみが伝わってくる。じっと空を見ていた。いちばん明るい星が枝に隠れては現れることを繰り返しながら西側へと移動していた。

いっとき手足が痺《しび》れたけれど、それを過ぎるとひどい寒さは感じなくなった。ただ、柿を食べようにも指がいうことをきかない。

大きな星がホテルローヤルの方角に消えてしまったころ、山道に小さな灯りが通り過ぎるのが見えた。ずいぶんと林の中に入ったように思っていたが、せいぜい十メートルというところだ。ざくざくと砂利を踏む音とミコを呼ぶ声。正太郎だった。

お父ちゃん――。喉もとまで出かかった声をぐっと飲み込んだ。

それからどのくらい時間が経ったのか、眠気に呼ばれる意識ではわからなかった。滅多に人も通らない道を、猛スピードで車が往復したあとは静かな闇が訪れた。

うとうとし始めたミコの目に、再びちいさな灯りが近づいてきた。

微《かす》かに聞こえるのは自分の名前だ。正太郎が呼んでいる。西に消えたはずの星が再び天頂で瞬いているのが見えた。星に向かって叫んだ。

「お父ちゃん――」

懐中電灯の灯りが林の中を泳ぎ始めた。やがて灯りがミコをとらえた。ミコは眩しさに目を瞑った。枯れ木や落ち葉を踏み、株に突っかかったりつんのめったりしながら正太郎が近づいてくる。何度名前を呼ばれても、立ち上がることができなかった。

夫に背負われて林をでた。広い背中からミコへ、少しずつ温もりを分け与えながら正太郎が坂道を上り始める。坂を上りきったところで、つと正太郎が立ち止まった。

「ミコ、あんなところでお前、なにしてた」

静かな問いだった。

「星――」

「星がどうかしたか」

「星をみてた――」

正太郎は「そうか」と言って再び歩き始めた。傷めた右脚を庇《かば》いながらゆっくりゆっくり坂を下る。ミコもひと揺れごとに眠りに吸い込まれてゆく。なだらかな下り坂を転ばぬよう歩む正太郎も、昨日より少し優しくなっている。

ギフト

八月の湿原は、緑色の絨毯に蛇が這っているようだ。

川が黒々とした身をうねらせていた。隙間なく生い茂った葦の穂先は太陽の光を受けて光っている。湿原から蒸発する水分で、遠く阿寒の山々が霞《かす》んでいた。視界百八十度、すべて湿原だった。この景色のいたるところに、うっかり足を滑らせたら最後、命までのみ込まれる穴がある。

田中大吉は切り立った高台のすれすれで立ち止まった。こんな素晴らしい景色のどこに人をのみ込む穴があるのか、疑いたい気分だ。

大吉は、五、六歩遅れてついてきたるり子を振り返り、手招きした。

「るり子、すげぇだろこの景色。ここにラブホテルなんか建てちゃったら、みんな列を作って遊びにくると思わねぇか。俺よぉ、いつかでっかい会社の社長になって、お前に楽させてやりたいって思ってんの。どうだ、俺が一発で惚れた景色、見てくれよ」

るり子は大吉の一歩後ろで立ち止まった。大吉はるり子の不安そうな顔を見ると、どこでもかまわず頬ずりをして抱きしめたくなる。四十二にもなって、年が自分の半分しかない女に惚れるとは思ってもみなかった。

家に帰れば大吉と同い年の女房、小学校六年生になる息子がいる。看板屋の看板は掲げているが、社員は大吉と経理の女房のみという心細い個人経営だ。中学をでて弟子入りした先の大将から、のれん分けというかたちで独立したのが三十のころだった。昔のように、映画館の入口に大きく名場面を描く時代ではない。風呂屋も毎年壁の絵を替えなくなった。だいたい街の風呂屋が減っているのだからどうにもならない。

首のだらりと伸びたTシャツにジーンズのスカート姿のるり子は、景色ではなく大吉の顔を見ていた。るり子は団子屋の売り子だ。この春に開店したちゃんこ鍋屋の外壁にメニューを描いているときに、団子屋の窓からずっと大吉を見ていた。長いこと注がれる視線が気になって団子を買った。一日で終わる仕事に三日も通い、あっちこっち手直ししながらようやくるり子に声をかけた。

「看板屋が団子屋に油売りにきたよぅ」

るり子は大吉の冗談に喜び、よく笑った。

中学をでてすぐに団子屋に住み込みで働き始めたと聞いた。両親は別れてはよりを戻すことを繰り返しており、もう籍を戻すのも面倒になっているらしい。笑いながら身の上話をする娘だった。

「るりちゃんのこと、抱っこできたら幸せだろうなぁ」

「いいよ、抱っこして」

知り合って一週間後のことだ。団子屋の二階に、四畳半ほどの屋根裏部屋があり、るり子はひとりでその屋根裏に暮らしていた。大吉は外仕事のある日はできるだけ団子屋に寄り、なにかしらの食べ物を届け、彼女を抱く。毎日売れ残った団子を食べて暮らしていると聞いて、黙ってはいられない。

今日は月曜日で仕事が休みだというので、連れてきた。女房に反対されているラブホテル経営の夢を、るり子にならば思う存分話すことができる。建築会社とリース会社が組んで、郊外のあちこちにラブホテルを建てていた。冷えかかった業界の底上げと社運をかけて打ち出したのがラブホテル建設だった。

両者は二社ひと組で市内の山師に次々声をかけている。

『資金ゼロ、信用貸し、ここでひとつ男になりませんか。あなたならできますよ』

旨い話には裏があるとわかっているし、商売が転《こ》けたら身ぐるみ剝がされるのは確実なのに、大吉はなぜかこの商売に賭けてみたくて仕方ない。

「俺さぁ、商売って夢がなくちゃいけないと思うわけよ。世の中男と女しかいないんだからさ、みんなやりたいことと同じだと思うのよ。夢のある場所を提供できる商売なら、俺もなにか夢がみられそうなんだ」

言いながら自分の胸に言い聞かせる。「失敗なんかしないし、できっこない」。大吉の独り言を、るり子はいつも黙って聞いていた。女房の前ではとても言えない。実際、ひとの好い大吉のところに舞い込む儲け話にはいくつも穴があいていた。いったい誰が得をして損をするのかという仕組みがとてもわかりやすいのだ。

未知の商売に色気をだす大吉には、旨い話の旨い部分しか目に入らない。女房の反対もそっちのけで、実現可能な「夢」に溺れてしまう。自分がやらなければ、誰かがやる。大吉は自分がその誰かより格下の男でいることに我慢がならない。

「女房子供を路頭に迷わせたかったら、なんでも好きにしたらいいっしょや」

「うるせぇ。俺のやりたいこと、邪魔ばっかりしやがって」

投げやりに放られる言葉に何度か手をあげた。それでもやっぱり最後は彼女の言うとおり、諦めることを繰り返している。

「あぁ、男になりてぇよ」

百八十度のパノラマを視界に入れながら、大吉がつぶやいた。

「おとうちゃんは、今でもちゃんとおとこだよ」

「そう言ってくれんのは、るりちゃんだけだよ」

るり子に「おとうちゃん」と呼ばれると、悪い気はしなかった。頼りない小動物を庇護しているような気分になる。この娘に旨いものをいっぱい食べさせるという目標を前に、大吉は身震いする。家に戻れば平穏な家庭があって、若い女にも同じくらいいい暮らしをさせる。社長と呼ばれて、気分よく暮らす毎日。

失敗さえしなきゃいいんだ――。

大吉の思考は湿原に臨んで大きく膨れあがり、心地よさばかりぐるぐると回転した。ヤケを起こさず辛抱すれば、必ず叶うと信じている。

だいたい、自信に根拠があるほうがおかしいんだ――。

ときどき、自分の足を引っ張っているのは女房子供じゃないかと思う。しかし思った直後に必ず気持ちが奮い立った。

自分を小馬鹿にしている女が腰を抜かすほどの成功をおさめる。そして女の実家にも、ひと泡吹かせる。正直なところ、この野望が大きいのかちいさいのか当の大吉にもよくわかっていない。そうした大吉の弱点を突くように、儲け話が持ち上がるたび義父が説得しにやってきた。

「大吉くん、きみが一国一城の主になるのは構わないんだ。ただ、それには家族に強いる苦労があまりにも大きいんだ。わたしは娘が苦労すると目に見えていることは、やっぱり賛成できないんだな。いろいろ調べさせてもらったけど、これはあんまりいい話とは言えないと思うよ」

娘が公務員との見合いを蹴って中卒の看板職人を選んだことを、この父はまだ気に入らないのだ。なんでぇ、と大吉は思う。本人がどうしてもって言うんでもらってやったんじゃねぇか。だいたい、先に惚れて追いかけてきたのは女房の方だ。腹で毒づくたびに向けられる恨めしげな目を思いだす。あいつにるり子の半分でも愛嬌があったら。ちいさくため息を吐いた。

見下ろした湿原は、真夏の光を吸い込んで葦の葉の先まで緑に輝いている。青山建設の社長の話では、今決断すれば雪解けのころには営業を始められるということだった。

「田中さん、ここが決断のし時だと思うんですよ。建設後も毎日、うちの帳場の者を応援に寄こしますから。こっちには市内に何軒も建てたノウハウ、ありますから。情報を隠すなんてことはしませんよ。お互いがっちりスクラム組んで、ひと山あてましょうよ。北斗リースも、相当乗り気なんです。みんなあなたに惚れてるんですよ。この商売を馬鹿にする銀行に、ひと泡吹かせましょうよ」

湿原の景色をいつまでも眺めていたかった。大吉は草の上にしゃがんだ。霞む阿寒の山々をじっと見つめる。るり子も横にしゃがみ込んだ。まあるい尻をそっと撫でる。周囲は草原。眼下に湿原。ほかにはなにもない。こんな景色を見ていたら、嬉しくてさびしくて、やっぱり女の体に埋もれたくなってくる。

ラブホテルを建てるなら、ここしかないだろう。川沿いの平たい土地と、高台の土地と、候補はふたつあった。大吉は壮大な景色を見下ろすこの場所こそ、自分が骨を埋める場所にふさわしいと思った。

「おとうちゃん」

太ももに伸ばした手をやさしく受け入れ、るり子が言った。

「赤ん坊、できた」

何を言われているのか、数秒考えた。「赤ん坊、できた?」。るり子の顔を見る。眉毛もぼさぼさ、化粧気もない、唇に色付きのリップクリームひとつ。夏の太陽の下で、若い女の太ももを撫でながら、大吉はその誇らしげな笑顔にひきずられるようにして笑った。

「そうか、できたか、俺もけっこうやるな。大当たりだ」

うん、とるり子が笑った。

「おとうちゃん、大吉だもん。大当たり」

るり子に言われると、改めて自分が幸運な男に思えてきた。新天地と思った場所で広大な景色を眺めながら、なにやら幸先のよい話を耳にしたような、そんな心もちになった。

「そんじゃあ、お前に家の一軒も持たせられるようにならないとなぁ。よし、覚悟を決めて契約書にハンコ捺《お》すか」

覚悟という言葉を使った照れがそうさせるのか、それとも崖っぷちにいる高揚感がもたらすものなのか、欲望が前へ前へとせり出してくる。作業ズボンのファスナーを開けると、矢印が空を目指して持ち上がる。大吉は自分がたどり着く場所がとんでもなく高い場所にあるような気がして、更に高揚した。

るり子のスカートを腰までたくし上げる。真っ白い太ももが太陽の下に露わになった。

膝まで下げた下着の白さが眩しかった。四つんばいのるり子の内側へと腰を押しつける。ふたりの体で温まった夏草のにおいが、あたりから立ちのぼる。欲望はすぐに天頂に届き、大吉のまぶたの裏を真っ白に染めた。

青山建設の応接室で、次々と差し出される手形帳に名前を書き込んだ。名前のあとは実印だ。リース会社の男が額に汗を浮かべながら一枚一枚確認している。この手形が二回滞れば「有限会社　田中観光」は事実上倒産なのだった。

大吉は腹の中で「とうさん」とつぶやいた。倒産、父さん。るり子の赤ん坊のことは思い浮かぶのだが、借金してまで作る会社が駄目になることはうまく想像できなかった。毎日現金が入ってくる商売と、建物から見えるパノラマと、今までよりちょっと機嫌のいい女房と、赤ん坊を抱いたるり子を想像する。自然と顔がにやけてくる。商売繁盛も自身の幸福も、すべて裸一貫で歩いてゆく道の延長線上にあった。だれもかれも、幸せにしなければ。そして最後に自分が笑わなければ。

土地と建物と利息。借金の総額はおよそ一億円だった。そんな大金、見たこともないし動かしたこともない。看板屋の売掛金は、せいぜい十万か十五万円だ。踏み倒しもある。年末が近づくと十万の金にも汲々《きゅうきゅう》としていた。十万円のやりくりで、年を越せるか越せないか冷や汗をかいてきた。もうそんな日々とはおさらばだ。昨日まで看板屋の大将と呼ばれていた自分が、今日からは資本金三百万円の会社社長だ。世の中なにがあるかわからない。思いきって一歩踏みだすかどうかの違いしかないのだろう。

　朝は小雨が降っていたけれど、昼時には晴れた。「降り込みですな」と青山建設の社長が言った。雨降って地固まるということで、縁起がいいらしい。応接室の窓から陽光が差し込んでくる。大吉は資材置き場の水たまりに映る雲を見ながら、るり子の白い下着を思いだしていた。

　今日もぼんやりと外を見ながら団子を売っている女に、見たこともない贅沢な暮らしをさせてやろう。男の甲斐性という言葉が脳裏に浮かんだ。

「なにか、面白いものでもありましたか」

　青山建設の社長が大吉の視線の先を見る。どうしてかと訊ねた。

「いや、田中社長が笑ってたもんだから」

「俺、笑ってましたか」

「ええ、楽しそうに笑ってましたよ。余裕があっていいことだなぁと思いますわ。やっぱり上り調子の人ってのは、こっちが見てても気持ちいいもんですな」

　大吉の頬から笑みが消えたのは、看板の補修仕事を終えて家に戻った夕方のことだった。

　ペンキ缶が積まれたガレージに車をいれたあと、口笛を吹きながら玄関のノブを回した。鍵が掛かっていた。腕の時計を見た。午後六時。夕食どきだ。まだ鍵をかけるのは早いだろう。大吉はペンキと手垢で汚れたキーケースから玄関の鍵をつまんだ。

「おぉい、帰ったぞ」

来年の春にはこんなボロ家ともおさらばだ。そう報告するつもりでいた。茶の間、寝室、子供部屋、家の中をぐるぐる歩き回るがだれもいなかった。台所はきれいに片付いている。

大吉は茶の間のテーブルに、レトルトのカレーがひとつ置かれていることに気づいた。なぜここにこんなものが、と手に取る。カレーの下に書き置きがあった。

『ご飯、炊いてあります』

書き置きの下には離婚届があった。次から次へ入れ籠《いこ》のようになった意思表示に、怒るタイミングを逸した。

「なんでぇ、こんなもん置いていきやがって」

がらんとした茶の間に、自分の声が響いた。蛍光灯を点けると、家の中が余計に白茶けて見える。カーテンを閉めた。よく見れば、子供部屋からはランドセルも本棚の中身も、電気スタンドも消えている。寝室からは女房の衣服がなくなっていた。ちょっと実家に帰るという「お灸」でもなさそうだ。

離婚届を突きつけられたのは初めてではなかった。一度目は息子を妊娠しているときの、ちょっとしたつまみ食いだ。「田中看板」ではあれきり電話番も事務員も置かなくなった。子供を産んですぐの女房が「事務仕事くらい自分がやる」と言ったからだった。

そういえば、ここしばらく夫婦喧嘩もしていなかった。喧嘩もしない関係では、なにを元手にやり直せばいいのかもわからない。大吉は自分の置かれた状況を冷静に考えようと目を瞑る。

とりあえず、来年の春までは看板屋を続けなければ食ってはいけないのだった。勢いをつけてまぶたを開けた。家のなかをぐるりと見回し、ため息を吐いた。

レトルトカレーを温め、長時間の保温で少し茶色くなった飯にかける。あまり旨いとも思えなかったが、とりあえず腹は膨れた。いつもはるり子のところへ出かける隙を窺っている時間も、今夜ばかりはそんな気になれない。点けっぱなしのテレビ画面は歌謡番組を流している。大手を振って若い女のところへ行けばいいのだ。思ってはみるのだが、いつもは半分走り出しているはずの欲望はしんなりとしおれていた。投げやりな気持ちで焼酎に氷を入れた。

食器はすべて戸棚に片付けられていた。今夜使ったカレーの皿とスプーンがシンクの底に置いてある。古いステンレスが、いやになるほど磨き込まれていた。たびたびクレンザーとレモンで台所磨きをしていた女房の背中を思いだす。コップに入っていた焼酎をぐいと半分あけた。本当に別れるつもりかよ、と記憶の中の背中に問うていた。

――これからじゃねぇか。

大吉の脳裏に再び、女房子供が笑って贅沢をしている様子と、赤ん坊を抱いたるり子の姿が浮かんだ。虚しい想像だと思ってはみても、まだ諦めるところまではたどり着けない。台所に立ったまま二杯目の焼酎を飲んだ。

——これからなんだよぅ。

酔いが大吉の気持ちを持ち上げる。

このままにはしておかないぞと誓ったそばから、ひどい眠気が襲ってくる。寝室から毛布を引っ張り出し、座布団をふたつに折って横になる。テレビの音を遠くに聞いてうとうとしていると、腰のあたりに引きつるような欲望が立ち上がってきた。熱を含んで再び大吉の行く先に矢印を向けている。上へ、上へ。

急に入れた酒のせいですっかり怠くなっているはずなのに。ジャージの上からさすってみる。残念なくらい張りつめていた。これ以上触っていると、自分の体から過去や今や未来の、あらゆる夢や明るい想像が束になって飛び出してしまいそうだ。大吉はおとなしく眠りに落ちることに決めた。

明け方、冷え冷えとした茶の間で目覚めた。酔いも醒めていた。昨日までここにいたはずの家族がいなかった。酒が見せた願望や後ろめたさや虚勢も、なくなっていた。テレビが早朝の番組を流し始めた。仏像めぐりの旅らしい。くすんだ色の、古い釈迦如来像が大写しになった。起きあがる。あぐらをかいたまま、画面に向かっていつの間にか両手を合わせていた。

――念仏唱えてたってしょうがねぇなぁ。

大吉は勢いよく立ち上がり、ジーンズとTシャツに着替えた。

「すんません、迎えにきました」

大吉が玄関の前で頭を下げる。義父の温厚そうな目尻も下がった。義父の母親の十三回忌から顔を合わせていなかった。だいたい半年ぶりくらいだろうか。女房は路線バスの終点にある実家へ頻繁に顔をだしているが、気持ちにやましさのある大吉はいろいろと理由をつけて出入りを避けている。

「久し振りだね。元気だったかい」

義父の顔はますます柔らかくなるが、玄関の三和土《たたき》に立ったままだ。大吉を家の中へ入れる気はないようだった。手のひらに嫌な汗がにじんでいた。涼しい朝だ。汗をかくような気温じゃない。腋の下や背中の皮膚が、風が吹くたびに冷たく乾いた。

「すんません、このとおりです。会わせてもらえませんか」

「大吉くん、印鑑を捺したんだろう。もう充分じゃないのかな」

「俺、判子を捺す気はないです」

てっきり離婚届のことを言っているのだと思った。そんなものは丸めてゴミ箱に放ってきた。離婚などする気はない。肩に商売、片手に家族、片手にるり子と赤ん坊。すべて背負ってゆくと決めたのだ。

「いや、僕が言ってるのは契約書も交わして手形も切ったんだろうってことだよ。うちの娘は、ラブホテルの経営者なんて自分には無理だと言ってるんだ。すまないね、あんな娘をよく昨日まで面倒みてくれた。感謝しているよ。だからもう、帰ってくれないか」

義父が深々と頭を下げた。

大吉は、今年二度目の土下座をした。一度目は青山建設の社長に、資本金の半分を貸してもらったときだ。ある時払いの催促なし。あのときも、自分は土下座で男になるのだと思った。男がここいちばんで頭を下げるときは、中途半端ではいけない。土下座でなくては。鶴田浩二も高倉健も、みんな銀幕では土下座で男になったじゃないか。

ここは自分の鉄火場だ。玄関から門までの数メートルは、義父が趣味で作った煉瓦《れんが》のエントランスだった。冬場の凍害でも決して浮いたり崩れたりしない。深く土を掘り、何日もかけて土台のコンクリートを乾かしたと聞いた。家族が第一で、女房以外の女を抱いたこともない生真面目さが、みごとな煉瓦の並べかたでもわかる。娘の惚れた男が大吉であった理由も、このおそろしく生真面目な父親への反発なのだ。

大吉は女房が父親に抱く不満を知っている。

「あんな父親の敷いたレールを、走るなんて無理」

そう言っていたではないか。ここで土下座する自分を、どこかで見ているはずだと思った。冷たい煉瓦に正座して両手をつく。自分は命を捨てる覚悟で大親分にもの申している流れ者の一匹狼だ。

「ここはひとつ、許してはもらえませんか。必ず幸せにしますから。あいつらを幸せにできるのは、俺しかいないんです」

埋め込まれた煉瓦に、頭をこすりつけた。

「大吉くん」

慈悲深い声が上から降ってくる。朝、テレビ画面で見た釈迦如来像を思いだしていた。大吉はなおも深く頭を沈め、額と鼻先を煉瓦につける。一分、二分、あるいはもっと長いことそうしていたかもしれない。普通はもういい加減、このくらいで――。大吉はそろそろと頭を上げ、視線を上に向けた。

義父が笑いながら大吉を見下ろしていた。

「もう終わりにしようよ、こんなことは。お互いにとってなにもいいことなんかないんだよ。昨日ね、うちの娘もきみと同じように土下座したよ。いつからこんな芝居じみた女になったんだろうって、情けなくて泣きたくなった。心底腹が立ってるよ、僕は。手形に判子を捺すついでに離婚届にも捺して、さっさと出しなさいよ。幸せにするなんて無責任な言葉、どこで覚えたの。そんなもの、生活をちゃんと支えてから言いなさいよ。幸せなんてね、過去形で語ってナンボじゃないの。これから先のことは、口にださずに黙々と行動で証明するしかないんだよ。きみを見ているとね、僕はいつも反吐《へど》がでそうだったんだ」

義父のつっかけサンダルが大吉の左肩を蹴った。勢いでエントランスに尻もちをついた。心底腹が立って怒りに満ちた男の顔は、どうしても笑っているようにしか見えなかった。玄関の引き戸が勢いよく閉まり、内側から鍵をかける音がした。

芝居じみた女、という義父の言葉が何度も耳奥で繰り返された。女房も昨日、同じように肩を蹴られたかもしれない。それでも、大吉のところに戻るよりはましと思ったのだ。

立ち上がり、膝や肩についた土埃を払う。手の汚れを落とす際、いつもの癖でパンパンと音をたてた。ここにやってきた理由を思いだし、はっとして頭上を見上げた。二階の窓から大吉を見おろしている息子と目が合った。

十二年も一緒に暮らしてきたというのに、その目からはどんな感情も読み取れなかった。いっそ睨《にら》んででもくれたほうが救われる。大吉が名前を呼ぶ前に、息子は窓辺から消えた。

義父が刈り込んだ松や生け垣や、ゆるやかに蛇行するエントランスの煉瓦を見た。こんなふうに自分を取り巻く景色を整える男には、冒険心も野心も、面白みもないのだと言い聞かせた。

その日は国道沿いにあるレストランの、剝げた看板を塗り直して一日の仕事を終えた。現金払いで一万円。車で一時間かかる場所だ。ガソリン代も馬鹿にならない。

市内に着いたのは夕日が海に落ちるころだった。もういちど女房の実家へ行ってみようか、どうしようか。まだ義父に蹴られた左肩が痛かった。青あざくらいできているかもしれない。それはそれ、再び頭を下げればなんとか――。大吉は首を横に振った。勢いでハンドルを持つ手が揺れる。走行車線の幅のぶん、一度大きくうねった。後続車がクラクションを鳴らした。

大吉は団子屋の前に車を停めた。

電灯も暗く貧乏くさい団子屋のショーケースには、今日も売れ残りそうな団子が並んでいた。ケースの向こうに白い上っ張りに三角巾をつけたるり子がいた。丸椅子に座って古い週刊誌を開いている。大吉が店先にいることには気づかない様子だ。

しばらくのあいだるり子の様子を見ていた。外に気を配って流し目のひとつもすれば、入ろうかどうしようか迷っている客も、とりあえず団子の一本くらい、と思うだろうに。大吉はるり子の、欲のなさに泣けてきた。

子供ができたというのに、女房と別れろとも言わない。毎日売れ残りの団子を食べて、電話もない屋根裏部屋で大吉がやってくるのを待っている。先日の会話を思いだした。つわりが始まったらしく、会うたびに頬が削《そ》げてゆき顔色が悪くなっていた。

「お前、なにか欲しいもんはないのか」

「なぁんも。おとうちゃんは？」

「俺は、なにもかも欲しいさ。商売も、お前も、金も、みんなみんな欲しい。欲しいもんだらけで頭がいっぱいだ」

「あたしは、そういうおとうちゃんがいればいい」

大吉は車にとって返した。

駅前通りの青果店へ駆け込む。

「すみません、みかんはないですか」

年老いた店主が店先に現れ、店内を指差し言った。

「お客さん、まだ八月初めですもん、みかんはこれからですわ」

「甘くなくてもいいんですよ、若いみかんでいいですから」

「そんなもん、店先に並べられないですわ。だいたい、若いみかんはまだ樹に生《な》ってる最中ですよ」

もう一か月ほどすれば、高いがいくつかの商品が出回るという。

「一か月も待てないんですよ。今欲しいんだ。つわりなんだよ、つわり」

「そりゃ困ったな」

店主の眉間《みけん》に深い皺が寄って数秒、不意に皺がゆるんだ。

「あぁ、丸三鶴屋《まるさんつるや》の地下にならいくつかあるかもしれない。こういうときは、デパートがいちばんなんですよ」

店主は街に一軒しかない百貨店の名をだして、にっこりと笑った。大吉は礼もそこそこに青果店をでる。頭の中はみかんでいっぱいだ。どんどん増えてゆく。女房も子供もいなくなった場所に、つわりのるり子とみかんが詰まってゆく。焦る気持ちに加速がついて、もう、大吉自身が坂道を転がるみかんになっている。

デパートの地下は、総菜のにおいや女たちの香りで溢れかえっていた。スーパーの総菜売り場とは気配が違う。百貨店の地下食品売り場では、ペンキに汚れた作業服がひとの視線を集めていた。露骨に顔をしかめる気取った女など無視だ。総菜屋に列をつくっている最後尾の女に、果物売り場はどこかと訊ねた。

「ここをまっすぐ行って、左側ですよ」

人のよさそうな目元の女に礼を言って、通路の客をかきわける。二階の窓から父親を見下ろす息子を、別れだけを欲している女を、大吉のことを吐き気がするほど嫌いだと言った義父を、かきわけ走る。

「みかん、ありますか」

「ええ、ございますよ」

黒縁眼鏡の店員がにっこりと笑った。食品売り場の、一切の音がなくなる。店員の手のひらがゆっくりと陳列棚に向けられた。

「昨日産地から到着したばかりでございます」

冬になればひと山いくらで売られていそうなみかんが三つ、木箱に入れられていた。ふかふかとした緩衝材に守られ、大吉の視線より少し高い位置にあった。木箱の前にちいさな値札がついていた。

『六、〇〇〇――』

ちょっと待て、なにかの間違いだろう。

「早生《わせ》でございます。今年のいちばんもので、縁起の良いお品でございますよ」

るり子がよく言う「おとうちゃん、大吉だもん」が耳の奥で繰り返された。そうだ、大吉だ。縁起物ならば俺のものだ。

「すみません、それください」

「かしこまりました」

深々と頭を下げたあと、店員がうやうやしくみかんの木箱を棚から下ろした。大吉の耳に食品売り場の喧噪《けんそう》が戻ってきたのは、財布を開けたときだった。今日、ペンキを塗り直した上がりの一万円のほかには、千円札が四枚。

「ご贈答用ですか」

はいと応えると、店員がメモ用紙に「ギフト」と書き込んだ。

「のしは如何いたしましょうか」

「安産祈願です」

「それはそれは、おめでとうございます」

みかんの値札が支払い用の皿にのせられ、こちらに向けられた。一万円を皿の上に置いた。釣りの四千円を受け取る。

ひとつずつ傷を確認し終えたみかんが緩衝材の窪《くぼ》みに納められる。店員が木箱の蓋を閉めた。箱は桐製のようだ。蓋には金色の文字で『ローヤルみかん』と書かれてあった。

包装紙で包んだあと、店員が丁寧な墨文字でのし紙に『安産祈願』と書いた。

「すみません、お名前を頂いておりませんでした」

店員の眉尻が申しわけなさそうに下がった。

「大吉にしてください」


総菜屋で買ったチャーメンとコロッケと握り飯を渡してから、素っ気なく木箱が入った紙袋を差し出す。

「おとうちゃん、なにこれ」

すすけた蛍光灯の下で、るり子を見下ろした。ふっくらとしていた頰が削げている。顔色が悪いのは蛍光灯のせいばかりでもなさそうだ。大吉は鼻を鳴らし、まぁいいから開けてみろと促した。ひとり分の肩幅しかないテーブルの上に、るり子がそろそろと箱をのせた。

『安産祈願　大吉』

あぁ、めでたい名前だ。墨文字になると、ひときわ光る名前だ。誰かに反吐がでるほど嫌われることも、肩の荷が勝手に下りてゆくことも、もうどうでもよくなってきた。るり子が箱からみかんをひとつ取りだした。手のひらにのせて、においを嗅いだり眺めたりしている。

「なにやってんだ、眺めてたって気分良くならないだろう。食えよ」

「もったいないよ、箱入りのみかんなんて初めて見たもん」

「みかんはみかんだろう」

おとうちゃん、とるり子の瞳が光る。みかんを腹のあたりで大事そうに抱き、言った。

「この子、女の子かもしれないよ」

「なんだよ、いきなり」

「箱入りだもん、きっと女の子だよ」

「どっちでもいいよ、さっさと食えよ」

るり子が、みかんから剝がした金色のシールを包装紙に貼った。

『ローヤル』

なんの変哲もない明朝体だ。大吉は作業服のポケットからボールペンを取りだし、五センチ角で白抜きの文字を並べた。

『ローヤル』

電光と鉄板、字体は風が吹いたみたいな、動きのあるものにしよう。まだ書いたことのない、若々しい文字。看板の地色は青。文字は赤で黄色い縁取り。三原色だ。これ以上ないほど目立つだろう。

「よし、これでいくか」

ローヤルのルの字の終わりをくるりと丸めた。なんだかそれらしく見えてくる。

「るり子、お前ラブホテルの女将にならないか」

「おかみってなに？」

「ちゃんと籍入れて、俺の女房になるってことだ。腹の子が本当に女の子だったら、そりゃあ箱入りで大事に育ててやらなきゃならんだろうさ」

「籍入れるって、あたしおとうちゃんと結婚できるの？」

肩を揺らして笑ってみせた。るり子の目に今まで見たこともないほど大きな涙が盛りあがってくる。

「なんだよ、おまえ。結婚したいならしたいって言えばよかったんだ、最初から」

大吉は次から次へと流れる涙に向かって、包装紙の文字を指差した。

「ホテルローヤル。どうだ、なんか格調高いだろう。エンペラーよりシャトーより、ずっと格好いいと思わないか」

「ホテルローヤル？」

るり子は鼻水をすすりあげ、Tシャツの肩口で涙を拭きながら言った。

「そうだ、ホテルローヤルだ。お前、春からそこのママさんになるんだ。忙しくなるぞ。団子なんか売ってる場合じゃない。こんなところさっさと辞めて、俺のところにこい」

声を上げて泣くるり子を両腕で包み込んだ。るり子の手が大吉の背にまわる。膝の横にひとつ、みかんが転がった。

青色と赤、黄色のネオン管が瞑ったまぶたの奥で光りだした。

『ホテルローヤル』

ちかちかと、涙でにじんでいる。

本書はフィクションであり、実在の団体、地名、人名などには一切関係がありません。

初出誌「小説すばる」

シャッターチャンス（「ホテルローヤル」改題）・・・ 2010 年4月号
本日開店・・・ 書き下ろし
えっち屋・・・ 2010 年7月号
バブルバス ・・・ 2011 年2月号
せんせぇ ・・・ 2011 年7月号
星を見ていた・・・ 2010 年 12 月号
ギフト ・・・ 2012 年3月号

単行本化にあたり、大幅な加筆・修正を行いました。

装画　ももよん
装丁　高柳雅人

桜木紫乃

1965年北海道生まれ。2002年「雪虫」で第82回オール讀物新人賞を受賞。07年、初の単行本『氷平線』が書評等で絶賛される。12年、『LOVE LESS（ラブレス）』で第146回直木賞候補となる。他の著書に『風葬』『凍原』『恋肌』『硝子の葦』『ワン・モア』『起終点駅（ターミナル）』など。

ホテルローヤル

2013年1月10日　第1刷発行
2013年7月30日　第4刷発行

著　者　**桜《さくら》木《ぎ》紫《し》乃《の》**

発行者　**加藤潤**

発行所　**株式会社集英社**
東京都千代田区一ツ橋2-5-10　〒101-8050
電話　03-3230-6100（編集部）
03-3230-6393（販売部）
03-3230-6080（読者係）

印刷所　**凸版印刷株式会社**

製本所　**ナショナル製本協同組合**

ISBN978-4-08-771492-0　C0093
定価はカバーに表示してあります。